KB237240

처음은 손님

처음 온 손님

데이비드 조페티 지음 | 유숙자 옮김

문학과지성사 2005

데이비드 조페티 David Zoppetti

1962년 스위스에서 태어나 고등학교 시절부터 독학으로 일본어를 공부했으며, 일본 도시샤(同志社) 대학 문학부에서 일본 문학을 전공하였다. 1991년에는 일본 민간 방송 사상 첫 외국인 정사원으로 아사히(朝日) 텔레비전에 입사했다. 1996년 『처음 온 손님(いちげんさん)』으로 '스바루(すばる) 문학상'을 수상하였다. 이 작품으로 1997년에는 '아쿠타가와(芥川) 상' 후보에 오른 동시에 영화화되어 높은 평가를 받았다. 2000년에는 『알레그리아』로 '미시마 유키오(三島由紀夫) 상' 후보에 올랐다. 2002년에는 『여행일기(旅日記)』로 '일본에세이스트 클럽상'을 수상했다. 현재는 도쿄에서 집필 활동에 몰두하고 있다.

옮긴이 **유숙자**는 계명대학교 일어일문학과와 같은 과 대학원을 졸업하고, 일본 도쿄 대학 대학원 인문사회계 연구과(일어일문학 전공)에서 연구과정을 수학했다. 고려대학교 대학원 국어국문학과(비교문학 전공)에서 박사 학위를 받았으며, 현재 강의와 번역을 병행하고 있다. 저서로 『재일 한국인 문학 연구』가 있으며, 번역서로 『전원의 우울』『설국』『만년』『사양』『행인』(문학과지성사, 2001) 『『나』』(문학과지성사, 2003) 『아름다운 여신과의 유희』 등이 있다.

처음 온 손님

펴낸날_2005년 3월 21일

지은이_데이비드 조페티
옮긴이_유숙자
펴낸이_채호기
펴낸곳_㈜**문학과지성사**

등록_제10-918호(1993. 12. 16)
주소_서울 마포구 서교동 395-2호(121-840)
전화_편집부 338-7224~5 영업부 338-7222~3
팩스_편집부 323-4180 영업부 338-7221
홈페이지_www.moonji.com

ⓒ (주)문학과지성사, 2005. Printed in Seoul, Korea
ISBN 89-320-1583-X

스위스의 프랑스어권에서 나고 자란 사람이 왜 일본어로 소설이며 에세이를 쓰는가……

이런 질문을 지금껏 얼마나 많이 받아왔는지. 일본인 독자나 평론가만이 아니다. 구미의 저널리스트나 친구들도 내게 이런 의문을 자주 던지고는, 납득할 만한 알기 쉬운 설명을 요구한다. 마치 유럽인이 머나먼 동양의 언어를 구사하는 것이 불가사의한 수수께끼, 아니, 좀 색다르고 다소 부자연스런 일이라는 듯이.

그럴 때마다, 나는 이렇게 대답한다. 여러 우연이 중첩된 결과로 18년 동안 일본에서 지내면서 일상생활 전반에 걸쳐 일본어를 사용했다. 알파벳이 아닌 문자를 지닌, 풍부하고 교묘한 표현이 가능한 일본어로 문장을 쓰는 일이,

어느 틈에 너무나 자연스러워지고 좋아졌노라고.

나는 '독자'로서, 스위스의 공용어인 프랑스어, 독일어, 이탈리아어, 그리고 영어로 책을 읽는 게 습관이 되어 있다. 하지만 '글 쓰는 사람'의 입장에서는, 일본어 이외의 언어로 문장을 쓰는 일은 어쩐지 덜 흥미롭고 지독히도 밋밋한 작업으로 느껴진다.

나와 일본어의 만남, 자신만의 공부법이나 일본어와의 오랜 교제에 대해서는 『여행일기』라는 에세이집에 쓴 바 있다. 이 책도 언젠가 한국의 독자 여러분께 읽히기를 은근히 소망하면서, 여기에 간단히 적기로 한다.

발단은 고교 시절로 거슬러 올라간다. 당시, 교실 한 귀퉁이에서 시 창작에 빠져 있는 경우를 제외하면 대개 수업을 빼먹고 아름다운 레만 호숫가, 중세의 향기가 묻어나는 주네브의 옛 거리를 어슬렁거리곤 했다. 고교생이 흔히 그러하듯, 자기 탐구라는 소박한 여행을 하고 있었는데, 원하는 게 학교에는 없다는 걸 어렴풋이 느꼈다. 그러던 어느 날, 무심코 서점에 들렀다가, 『독학으로 일본어를 배운다』라는 책 제목이 눈에 확 들어왔다.

여담이지만, 나는 중학 시절부터 막연한 지식으로나마 동양에 대해 강한 동경의 마음을 품고 있었다. 이렇다 할

뚜렷한 이유는 없다. 아무튼 중국, 베트남, 말레이시아, 타이, 라오스, 한국이나 일본 등이 내게 신비로움을 불러일으켜, 언젠가 반드시 찾아가보고 싶은 환(幻)의 땅이 되었다. 오래된 석조 문화, 구(舊)대륙인 유럽에서 살아가는 청년인 나에게, 동남아시아는 유난히 매혹적인 베일에 감싸여 있었다. 나무와 종이라는 건축 자재, 부드러운 비단과 아름다운 장식 문자calligraphy 등이 어우러져 다른 차원의 세계로 비쳐졌다. 말할 것도 없이, 극히 표면적인 이해 방식인 데다, 유치하고 정형화된 틀에 사로잡혀 있었다. 이제 와 되돌아보니, 어지간히 공상을 즐기는 젊은이였군, 하고 절로 미소가 번진다. 또한 동시에, 비현실적인 동경일지라도 뭔가를 몹시 동경하는 마음을 소중히 해야 한다고 생각한다. 바로 거기에서 전혀 예상치 못한 뭔가가 틀림없이 생겨난다, 라는 신념을 갖고 있다.

이야기를 처음으로 돌리자면, 굳이 일본에만 흥미가 있었던 건 아니다. 단지 옛 거리의 서점에서 우연하게도 눈앞에 나타난 것이 일본어 교재였다. 생각건대, 나의 운명을 방향지웠다고도 할 수 있는 그 책이 가령 『독학으로 한국어를 배운다』였다면, 나는 지금 한글로 쓴 처녀작의 일역본 서문을 쓰고 있을지도 모른다.

어쨌건 나는 그 책을 바로 사 들고, 거듭되는 결석에 대해 나름대로 위기감을 느끼고 있던 터라, 학교 교실로 돌아왔다. 그리고 시를 쓰는 대신 남몰래 일본어를 독학으로 공부하기 시작했다. 고교 시절 마지막 2년, 병역 의무에 들어간 6개월, 그리고 세계 일주 여행에 나선 1년 동안, 기회 있을 때마다 꾸준히 공부했다. 덧붙여 말하자면, 처음 일본에 올 때(1983년)까지는 한 번도 '사람이 말하는 언어로서의 일본어'를 들어보지 못한 채, 줄곧 활자를 통해 '해뜨는 나라'의 언어를 습득했다.

서양에서는 일본어 특유의 문자 표기가 대단히 어렵다는 이미지가 강하다. 하지만 나는 오히려 이 점에서 어떤 예술성이라든가 게임 비슷한 매력을 느꼈다. 이를테면 놀이 감각으로 독학에 몰두할 수 있었던 것도, 분명 이 때문이리라. 표의 문자는 내게 개성적인 그림을 연상시켰고, 그 그림으로 문장을 읽거나 쓴다는 것이 참으로 재미있었다. 이십대 초반부터, 이미 일기를—보잘것없는—일본어로 썼던 기억이 있다.

이 「서문」에서 책 해설이나 내용 설명을 할 마음은 없다. 작가가 자신의 작품에 대해 이러니저러니 쓰는 것만큼 우울한 풍습이 없다고 생각되기 때문이다. 이 작품으로 무얼 전달하려 했는지, 어디까지가 허구의 세계이고 어느 부분에 자전적 요소가 깔려 있는지는, 독자 여러분이 한 사람 한 사람, 자유로이 느껴주신다면 족하다. 다만 두 가지를 지적해두고자 한다.

우선 이 소설을 쓸 당시, 나는 일본에선 비교적 유명한 보도프로그램의 기자 겸 디렉터로서 다큐멘터리를 제작하고, 말 그대로 세계 곳곳을 누비며 취재하느라 정신이 없었다. 그리고 일본의 고도(古都), 교토를 무대로 한 이 책의 대부분의 장면을, 실은 일본에서 멀리 떨어진 장소에서 썼다. 스리랑카의 밀림 속, 바람 몰아치는 알류샨 열도의 외딴 섬, 노르웨이 북부의 작은 마을, 케냐의 부족 분쟁 지대 등등……

또 한 가지는, 방송 일에 종사하면서도 언젠가는 소설가가 되고 싶다는 바람을 품고 있었다는 것이다. 그런데 150세까지 산다 해도 못다 쓸 정도의 아이디어를 가졌어도, 그 첫걸음으로서, 기분상의 문제로서, 어떻게든 이 책을 '마무리지어야만 했다.' 일본에서 상당히 반응을 얻어 일단 나의 대표작이 되었으나, 그 후에 쓴 책에 나는 더 마음이 가고, 훨씬 깊은 의미를 부여하고 있다.

마지막으로 '월경(越境)문학'이라는 개념에 대해 잠시

언급하고 싶다. 일본에서는(한국도 그럴 거라고 짐작되지만), 서양인이 일본어로 집필 활동을 하는 건 아직 흔치 않은 일이다. 하지만 나처럼, 가령 일본어로 시집을 발표하거나 소설, 논픽션 작품을 쓰는 '월경작가'라 불리는 '외국인 작가'는 서서히, 그러나 확실히 늘어나고 있다. 일본은 그만큼 다민족 국가, 국제 사회로 나아가기 시작한 증거라고 볼 수 있다. '섬나라'라는 표현은 아직 사어(死語)가 되지는 않았지만, 일본 사회를 언제까지나 그런 눈으로 보는 사람들은 시대의 흐름을 제대로 이해하지 못한 게 아닌가 하는 느낌을 떨칠 수 없다.

나보코프, 콘래드, 베케트나 쿤데라 같은 문호들과 자신을 비교할 만큼 우쭐거리는 게 아니다. 단지, 구미에서는 모국어 이외의 언어로 문학 활동을 한 사람들이 결코 적지 않다. 그리고 '보더리스borderless'라 일컬어지는 이 시대에, 그런 작가는 점점 많아지고 있다. 샨사, MG 바산지, 바라티 무케르지, 조지프 브로드스키, 바시리스 알렉사키스, 다이 시지에, 리비 히데오, 다와다 요코, 교코 모리와 같은 '월경작가'가 한국에서 어느 정도 알려져 있는지 알 수 없다. 그러나 그들은 모두, 먼 이국과 문화권으로 이주해 그 나라의 언어를 사랑하고, 언어의 벽을 가뿐히 뛰어넘어 오늘도 서재에서 분발하고 있다. 자신의 아이덴티티, 개인사나 독자적인 시점을 무기로 삼아, 다른 나라의 문학에 공헌하고 있다. 그 결과, 모국어로 쓰는 사람의 작품보다 뛰어난 것이 탄생된다고 생각하는 건 지나친 속단일지라도, 남이 절대로 쓸 수 없는 독창적이고 새로운 장르의 문학을 낳고 있음은 분명하다.

이 책을 읽고, 한국의 젊은이가 외국 어딘가로 날아가, 그 나라의 언어로 '한국인 월경작가'만이 쓸 수 있는 글에 도전하고 싶은 충동에 사로잡힌다면, 이보다 행복한 일은 없을 것이다.

데이비드 조페티

2004년 10월 31일 도쿄의 서재에서

제1장

교코(京子)를 처음 만난 건 대학 3학년 때였다. 진눈깨비가 잔뜩 쏟아지고 지독한 숙취로 고생하던 1월 말, 정오 조금 지나서였다.

캠퍼스 한 귀퉁이에 붉은 벽돌로 지은 아담한 건물이 있고, 그 건물 1층 구석에 위치한 작은 방은 대학의 유학생 라운지였다. 이 부분만 건물 전체에서 작은 반도(半島)처럼 튀어나와 있는 데다, 다양한 나라의 학생들이 항상 모여드는 곳이라 하여, 모두들 **볼록섬**이라 불렀다.

틈만 나면 우리는 늘 볼록섬에서 빈둥거렸다. 겨울에는 조그만 스토브에서 각자의 고향을 떠올리게 하는 조용한 온기가 퍼졌고, 포트 안에는 언제나 뜨겁고 맛있는 커피가 있었다. 여름이면 다 같이 돈을 모아 산 중고 에어컨이 덜그럭덜그럭 무서운 소리를 내고, 봄과 가을에는 상쾌한 바람이 캠퍼스의 온갖 소리와 함께 부드럽게 흘러들어왔다. 사계절 철 따라 다른 얼굴을 지닌, 아늑한 작은 방이었다.

그날은 아침부터 진눈깨비가 그칠 줄 모르고 내렸다. 구름 속 어디에 이처럼 많은 진눈깨비를 담아두었을까, 신기한 생각이 들 정도로 퍼부었다.

볼록섬에 들어섰을 때, 서너 명의 중국인 유학생은 선배들이 기부해준 고물 텔레비전으로 정오의 버라이어티 프로그램을 보고 있었다. 나는 젖은 가죽점퍼를 벗어던지고, 방 안쪽에 있는 소파로 직행했다. 그리고 쓰러지듯 몸을 눕히고 눈을 감았다. 얼굴에 붙은 진눈깨비는 금세 차가운 물방울로 바뀌어, 기분 좋게 머리카락 속으로 흘러들었다. 나는 그 감촉을 자신과 현실 세계를 잇는 최후의 확실한 표시로 확인하고 나서, 깊은 잠에 빠졌다.

간밤에 아르바이트를 하고 돌아오는 길에 우메다(梅田)에 있는 고서점을 잠시 어슬렁거린 끝에, 다니자키 준이치로(谷崎潤一郎〔1886~1965〕, 탐미파 소설가 — 옮긴이)의 『열쇠』 초판본을 — 가격도 보지 않고 — 사버렸다. 고백하자면, 고서에는 사족을 못 쓴다. 그걸 밤새워 읽을 작정으로 하숙집에 돌아와서는, 고타쓰(炬燵, 작은 화로에 틀을 놓고 그 위에 이불을 씌운 것—옮긴이)에 들어가 성냥으로 파이프에 불을 붙이고, 가까운 곳에 버번 술병을 두었다.

방 안에 조금씩 들어차는 파이프 향. 입 안에 그윽한 단맛을 남기면서, 백열(白熱)된 납처럼 위장으로 떨어지는 버번의 뜨거운 감촉. 묘한 실감으로 손가락 끝에서 전해지는 초판본 종이의 거슬거슬한 느낌. 이러한 감각들에 취한 채, 다니자키가 그린 노(老)부부의 성(性) 세계에 빠져들었다. 사랑에는 나이와 무관하게 참으로 다양한 표현 방식이 있구나 감탄하면서, 꽤 늦게까지 버텼다. 하지만 취기와 졸음에 지고 말았는지, 눈을 떴을 때 세상은 이미 아침을 맞이하고 있었다.

소파 위에서 나는 얼마나 잠들었던 것일까. 정신을 차리고 보니, 몽롱한 의식 저편에서 여자 목소리가 들려왔다.

"그래서, 책 낭독을 해주실 유학생이 계시다면 정말 도움이 되겠어요. 여자 둘뿐인 살림이라 아주 약소한 사례밖에 못 하지만, 틀림없이 서로에게 좋은 공부가 될 테고, 새 친구를 얻는 기회도 되지 않을까 생각해요."

그녀는 안정된—여성치고는—다소 낮은 목소리로 이

야기했다. 나는 눈을 거슴츠레 뜨고, 소리나는 쪽으로 고개를 돌렸다. 머리는 뿌리 끝까지 지끈지끈 아팠다. 그녀 옆에는 젊은 여성이 앉아 있었다. 두 사람은 사무원인 나카야마(中山) 씨라는 여성을 향하고 있어 내겐 뒷모습밖에 보이지 않았으나, 두 사람이 모녀간임을 알 수 있었다. 인생에는 논리로는 도저히 설명이 안 되는 그런 직관적인 확신이 존재하는 법이다.

의식을 볼록섬의 현실로 되돌리려 했지만, 끈적끈적한 졸음은 곧장 가시지 않았다. 엄마인 듯한 사람은 마흔 안팎으로 보였다. 틀어 올린 검은 머리 사이로 두세 가닥 흰 머리가 섞여 있었는데, 그것은 나이를 느끼게 한다기보다 오히려 오래전부터 몰래 거기 있었다는 자연스런 인상을 주었다. 시선을 아래로 옮기자, 그녀의 목덜미 모양에는 어딘지 모르게 밤새 푹 빠져 읽은 다니자키의 세계에 등장하는 고풍스런 일본 여성을 떠올리게 하는 구석이 있었다. 그런 인상을 받은 건, 그녀가 기모노 차림을 한 탓인지도 모른다.

또 한 사람 젊은 여성은 자줏빛 헤어밴드로 긴 머리를 한 갈래로 묶고, 미동도 않은 채 말없이 고개를 숙이고 있었다. 그녀는 폭신해 보이는 회색 스웨터에 청바지를 입고 있었다.

왠지 흥미가 생겨 다음 이야기에 귀를 기울였다. 그러나 이야기는 끊어지고 말았다. 두 사람은 거의 동시에 자리에서 일어나, 나카야마 씨에게 가볍게 머리를 숙였다. "그럼, 누구 좋은 분 계시면 꼭 소개해주세요. 연락 기다리겠습니다." 어머니가 해맑은 목소리로 이렇게 말하고, 두 사람은 문 쪽으로 향했다.

그때 약간 묘한 일이 벌어졌다. 유심히 보지 않으면 알아채지 못할 만큼 사소한 일이었지만, 마치 나에게 뭔가를 호소하는 듯이 내 눈에 들어왔다. 나카야마 씨 책상에서 문까지의 얼마 안 되는 거리를 걸을 때, 딸은 엄마의 팔에 살짝 다가서며, 주변에 어설프게 자리잡은 스토브와 책장, 의자 따위에 가볍게 부딪혔다.

나는 비현실적인 숙취를 참으며 상반신을 일으키고, 시간을 들여 천천히 방 안을 둘러보았다. 다른 학생들은 두 사람의 존재에는 전혀 아랑곳 않는 기색이었다. 중국인 학생은 여전히 텔레비전에 열중해서 낄낄 웃어댔다. 그들은 이따금 중국어로 조크를 해설하고는 다시 웃어댔다. 아까부터 방 반대편에서 햄샌드위치를 우적우적 먹으며 『저팬타임즈』를 읽고 있던 일본인 학생은, 변함없이 왕성한 그

저작(詛嚼) 운동을 계속하면서 미간을 찡그린 채 기사에 온 신경을 집중시키고 있었다. 여느 때처럼 밝은 표정으로 두 사람을 응대하고 있던 나카야마 씨조차도—마치 아무 일 없었다는 듯—눈앞의 서류를 정리하고 있었다.

몸을 일으키자, 머리가 어질어질하고 방 안은 침몰 직전의 타이타닉 호 갑판에 서 있는 듯한 느낌을 주며 크게 기우뚱했다. 하지만 눈을 한 번 감았다 떠보니, 볼록섬은 다시 볼록섬 원래의 수평적 안정감을 되찾고 있었다.

나는 창밖을 내다보았다. 옆쪽 벽돌 건물 뒤로 사라져 가는 두 사람의 모습이 순간, 눈에 들어왔다. 딸은 일본식 우산을 한쪽 손에 받친 엄마에게 바싹 붙어, 적이 미덥지 못한 걸음을 내딛고 있었다. 두 사람이 떠난 뒤에도 캠퍼스에는 진눈깨비가 연신 소리 없이 내렸다.

나는 위태로운 걸음걸이로 나카야마 씨의 책상으로 갔다. 도중에 뜨거운 커피를 컵에 따랐다. 그리고 두 사람이 앉았던 의자에 걸터앉아, 컵에서 풍겨나오는 커피 향을 맡았다. 구수한 커피 향에는 세상의 문젯거리를 뭐든 해결할 수 있을 것만 같은 신기한 설득력이 있다고, 나는 감동했다.

"방금 두 사람, 어떤 사람들인가요?" 커피를 한 모금 마시고, 잘 돌아가지 않는 입으로 물었다.

나카야마 씨는 유학생 입학시험 원서로 보이는 서류에서 눈을 들어, 내 얼굴을 보았다. "무슨 일 있었어? 얼굴이 말이 아니구마. 또 밤샜제?"

그러고는 내 대답을 기다리지도 않고 재빨리 말을 이었다.

"방금 그 두 사람, 전에도 한 번 전화가 왔었는데, 문제는 그 따님이 눈이 ◉ 보이는 기라. 자세한 건 잘 모르겠지마는, 도쿄(東京)의 맹인 학교를 나와 지난해에 일반 대학을 졸업하고 나서, 엄마랑 같이 교토(京都)로 이사왔다카네. 특별히 어데 취직할 생각도 없는 모양이고, 가끔 대면낭독(對面朗讀)해줄 사람을 찾는 중이다, 그라는 기라."

"대면낭독?"

"나도 처음 들었는데, 뭐, 소리를 내서 책 읽어주는 거 아니겠나" 하고 그녀는 서류를 봉투에 넣기 시작했다.

"그래서 여기 유학생이 다들 문화교류나 자원봉사활동을 한다카는 얘길 듣고, 따님하고 의논해서 일본어가 조금 서툴고 어색해도 유학생한테 부탁해볼 마음이 생겼다카대. 우리 딸은 지금까지 외국 사람과 접할 기회가 별로 없었다카면서. 그래서 오늘은 인사하러 온 기라."

커피를 홀짝이며 그녀의 긴 설명을 들었다.

눈이 보이지 않는다. 걸음걸이가 그랬던 것도 당연했다. 컵에서 올라오는 옅은 김 너머로, 나는 진눈깨비가 쏟아지는 캠퍼스를 한참 동안 바라보았다. 취기도 가시고, 머릿속은 놀랍도록 산뜻했다.

앞으로 하고 싶은 일들이 엄청 많다고 생각했다. 그리고 그 사람을 간절히 만나보고 싶어졌다.

그날, 결국 학교에는 남아 있지 않고 그대로 하숙집으로 돌아가기로 했다. 학교에 있어봤자, 도저히 수업에 집중할 수 있는 심경이 아니었다. 진눈깨비는 어둑해질 때까지 계속 내렸다. 이런 날에는 책을 읽는 수밖에 없다. 강변에서 바비큐를 즐기는 것 말고는 의미 있는 일이 아무것도 없는 날이 있는 것과 마찬가지로, 독서를 하지 않으면 그날의 존재 의의가 영구히 사라져버릴 듯한 날도 있다. 하숙집 작은 방에 틀어박혀 석유 스토브를 켜고, 숙취의 머리가 조금씩 정상적인 상태로 돌아오는 걸 의식하면서 『열쇠』를 마저 읽었다.

솔직히, 이 하숙을 발견하느라고 어지간히 고생했다. 뭐니 뭐니 해도, 나는 불리한 조건을 너무나 많이 끌어안고 있었다. 우선, 학교의 하숙집 소개소를 찾아간 것이 대학에 들어가기 직전인 3월 중순이었던 탓에, 비어 있는 방이 거의 없었다. 그뿐이 아니다. 나는 토끼 한 마리를 데리고 외국에서 이 도시로 왔다. 그런 터라, 설사 빈방을 찾아냈다 하더라도 방 구하는 사람이 **토끼 딸린** 외국인 유학생이라는 걸 알고 나면, 집주인은 대개 영문을 알 수 없는 이유로 입주를 단호히 거절했다.

결국 하숙집을 찾아낸 것은 입학하기 사흘 전이었다. 살 곳이 마련되었다고 안심했으나 그것도 잠시, 실제로 들어가보니 상상을 초월하는 누더기 하숙이었다. 적어도 3백 년 전 쯤 옛날에 세워진 그대로라고밖에 보이지 않는 교토 특유의 허름한 주택 2층 방을, 한 달에 2만 5천 엔이라는—교토치고는 혀를 내두르는—집세로 빌리게 되었다. 지금 생각하면 꽤 **바가지 썼다**는 기분이 없지 않다.

아무튼 나는 대여섯 명의 다른 학생들과 공동으로 취사장과 화장실을 사용하고—욕실은 당연히 없었으므로—50미터 앞 〈쓰루노유(鶴の湯)〉라는 작은 목욕탕을 이용했다.

한데, 취사장과 문의 자물쇠가 채워지지 않는 비좁은 좌식 화장실은, 둘 다 건물의 안뜰에 자리잡았고—즉, 바깥에 있었다 ─ 어느 쪽을 사용하건 겨울이 되기라도 하면 상당한 용기와 결단력이 필요했다.

공동으로 사용하는 부분은 감탄할 만큼 지저분했다. 취사장에는 씻지 않은 그릇이 늘 산더미처럼 쌓였고, 그 안에는 구더기가 꾀었다. 컵에 담긴 탁한 갈색 물 속에 담뱃재는 반영구적으로 방치되었고, 개수대 배수구 언저리에는 곰팡이가 피었다. 바퀴벌레조차 자살하고 싶어지는 취사장이었다. 집 여기저기 어질러져 있는 음식물 쓰레기는 뻔뻔스러운 들고양이의 진수성찬이 되었고, 그들은 매일 밤, 이거 참말 고맙네예, 잘 먹겠심더, 하고 찾아왔다. 정체를 알 수 없는 밥 찌꺼기를 둘러싸고 번개처럼 짧은 싸움 소리도 자주 들려왔다. 모두의 방 앞에, 수십 권의 교과서와 만화, 『플레이보이』 따위 잡지들이 금방이라도 무너질 듯 신기한 조형물을 연출하고 있었다.

화장실에 대해서는 그야말로 형용할 방도가 없다. 예전에 군대에 있을 때, 깊은 산 속 작은 연습용 전선(前線) 기지에서 상당히 힘든 경험을 한 적이 있다. 백 명 남짓한 남자들이 공동으로 사용하는 하나뿐인 화장실에 들어가면, 악취로 순식간에 눈이 따끔거렸다. 아무리 기운 좋은 녀석이라도 금세 현기증이 일었다. 구토가 나기도 했다. 그건 마치 악몽에나 나올 법한 화장실이었다. 하지만 이 하숙집 화장실에 들어가면, 그 군대의 화장실은 청결하고 더없이 위생적인 장소로서 그리운 생각마저 들 정도였다.

집주인은 인상 좋은 작달막한 남자로, 근처에서 정육점을 운영하고 있었다. 매일 하숙집으로 찾아와선 그 혼란스런 모습에 절망하고, 벽이란 벽마다 정리 정돈을 간청하는 쪽지를 붙였다. 거기엔 옛 글씨체로 복잡한 규칙이 적혀 있었지만, 학생들은 전혀 개의치 않고 잔혹에 가까운 무신경으로 주변을 마구 어질렀다.

그런데 얼핏 불편해 보이는 이 하숙에 대해 나는 일찍부터 뭐라 설명할 수 없는 애착을 가졌다. 내 방이 무척 아늑했기 때문이다. 일본의 전통적인 건축 양식에 대해서는 잘 모르지만, 다다미 여섯 장짜리 방으로, 거무스름한 도코노마(床の間, 일본식 방의 상좌에 바닥을 한층 높게 만든 곳. 주로 벽에 족자를 걸고 바닥은 꽃으로 장식한다―옮긴이) 옆에 **치가이다나**(違い棚, 두 개의 판자를 아래위로 어긋나게 매어 단 선반―옮긴이)가 있고, 그 가장자리에 **후데가에시**(筆返し, 치가이다나의 위 판자나 책상 가장자리에 붓이 굴러떨어지지 않도록 갖다댄 나무― 옮긴이)가 멋진 호(弧)를 그리고 있었다. 위 찬장에는 금종이를 발라놓았다.

하숙집 뒤로는 시라카와(白川)라는 작은 시내가 흘러, 방에 있으면 졸졸졸 물소리가 기분 좋게 들려왔다. 나는 목욕탕에 갔다 와서 오래된 돌다리 난간에 기대어, 시냇물 소리를 들으며 맥주 마시는 걸 좋아했다. 시내 양쪽으로 버드나무가 늘어서고, 오리들은 기다란 나뭇가지 밑을 조용히 헤엄쳐 지난다. 그걸 바라보노라면, 더없이 마음이 차분해졌다. 소리 하나 내지 않고 잔잔히 헤엄치는 밤의 오리는, 완성도 높은 완결된 작은 세계를 창조해낸다.

진눈깨비 내린 날로부터 일주일이 눈 깜짝할 사이에 지나갔다. 1월이 하얀 숨을 내뱉으며 조용한 발걸음으로 2월을 향해 가는 일주일. 추운 날들이 이어졌지만, 날씨는 늘 화창했다. 나는 매일 수업을 듣고, 그리고 매일 아르바이트를 하러 다녔다.

교코를 만난 건 토요일이었다. 볼록섬의 나카야마 씨에게 전화로 소개를 부탁했고, 위치를 가르쳐주었다. 그녀가 그려준 지도에 의하면, 교코의 집은 K대학 뒤편 높다란 언덕에 위치한 요시다(吉田) 신사 근처에 있었다. 하숙집을 나오기 전에 지도를 책상 위에 펼쳐놓고, 나카야마 씨의 지도와 대조해가며 위치를 확인했다. 거기에는 〈구로

다니(黑谷)라는 지명이 작은 글씨로 적혀 있었다.

밖으로 나와보니, 역시 추웠다. 하지만 구름 한 점 없는 겨울의 맑은 하늘이 교토 위에 펼쳐지고, 아침 공기는 무척 상쾌했다. 작은 바이크(motorbike, 발동기를 단 자전거—옮긴이)를 타고 시라카와를 따라 북쪽으로 달렸다. 오른쪽으로 히가시야마(東山)의 부드러운 능선이 끝없이 아름답게 이어져 있었다.

바이크를 멈추자, 눈앞에 새이엉 지붕을 인 낡은 나무문이 있었다. 개인의 집이라기보다 오히려 초암(草庵)이나 작은 절의 경내 입구를 떠올리게 하는 문이었다. 문패도 없고 우편함도 없다. 불안해져서 다시 지도를 보았는데, 틀림없었다.

머뭇거리며 작은 문을 지나자, 동화 속 세계로 들어간 듯한 착각을 일으켰다. 너덧 채의 아담한 집들이 토담에 둘러싸여 늘어서고, 그 사이를 가느다란 자갈길 하나가 누비고 있었다. 집과 집 사이의 조그만 마당에는 돌이며 이끼, 엄청난 수의 분재처럼 키 작은 나무들이 흩어져 있다. 바깥세계로부터 완전히 차단되면서도 볕이 잘 드는 차분한 공간이었다. 주변은 식물의 은밀한 호흡 소리가 들려올 듯 고요했다.

"뭘 찾아예?"

눈앞의 작은 세계에 정신이 팔려, 바로 앞집 현관에 빗자루를 손에 든 채 서 있는 아주머니를 전혀 알아차리지 못했다. 그녀의 출랑대는 말투는 평화로 가득한 주변 풍경과는 어이없을 만치 조화롭지 못했다.

"아, 죄송합니다. 나카무라(中村) 씨 댁이 여기 맞습니까?" 하고 당황하며 물었다.

빗자루 아주머니는 빗자루를 현관에 기대어 세워놓고, 어지간히 성가시다는 양 내 옆으로 다가와, 가장 안쪽 건물을 가리켰다.

"나카무라 씨라카믄, 저쪽 집이라예."

고맙다는 말을 하고 왼편 집과 그 별채를 잇는 복도 밑을 지나, 아주머니의 시선을 느끼며 가느다란 자갈길을 내려갔다. 등에 구멍이 뚫릴 정도로 집요한 시선이었다.

집 앞에서 또 한 번 당황했다.

中村百合子
京子

문패는 있는데 초인종 같은 게 보이지 않았다.

"실례합니다."

그랜드캐니언을 향해 혼자 소리치는 듯, 내 목소리는 더없이 허무하게 울렸다. 그러나 현관문이 곧 열렸고, 볼록섬에서는 뒷모습밖에 볼 수 없었던 나카무라 씨가 미소를 지으며 나타났다. 실제로는 얼굴을 처음 마주하게 되자, 나는 그녀에게서 뭔가 고상하고 쉽게 친근해질 수 있을 것 같은 느낌을 받았다.

"어머, 용케도 잘 찾으셨군요. 자아, 어서 들어오세요" 하며 안으로 안내했다.

집 안은 마당이 자연스럽게 연장되는 듯한 분위기였다. 현관에 좁은 복도가 이어지고, 좌우로는 작은 다다미방이 보였다. 가구며 꽃병, 장식물이 많았는데, 모든 게 아기자기하고 깔끔하게 정리되어 청결한 느낌이었다. 그렇긴 해도, 앞이 보이지 않는 사람이 용케도 이렇게 장애물이 많은 곳에 살고 있구나 싶었다. 하지만 내게 장애물로 여겨지는 이런 물건들이 어쩌면 그녀에게는 길잡이 역할을 하는지도 모른다.

구불구불한 복도를 빠져나와 짧은 계단을 올라, 가장 안쪽 방에 이르렀다. 그곳은 거실이었다. 오른편으로 좀

전의 마당이 내다보이는 유리문 같은 커다란 창이 있고, 밖으로는 작은 툇마루가 보였다. 교코는 창문 앞 고타쓰에 무릎을 들여놓고 있었다. 그녀 뒤로, 열기 없는 겨울 태양의 옅은 햇살이 방으로 쏟아지고 있었다.

교코의 모습을 보고 나는 마음이 찡했다. 그녀는 책을 마주한 채 손가락으로 페이지 위를 더듬고 있었다. 지면에는 무수히 많은 볼록점이 빼곡했고, 그 복잡한 모양을 손끝으로 짚고 있다. 첫눈에 점자책이라는 걸 알 수 있었다.

눈을 거의 감은 채 가느다란 손가락 끝으로 종이 위를 움직여가는 교코의 표정은 더없이 차분했다. 그녀의 입술은 도톰하고 콧날은 오뚝했다. 그리고 두 개의 눈썹은 균형 잡힌 고운 호를 그리고 있었다. 아름다운 얼굴이라고 생각했다.

그녀는 문턱 가까이 서 있는 우리의 낌새를 필시 알아챘을 텐데도, 한 번도 고개를 들 기미를 보이지 않고, 한 단락이 끝나는 부분까지 내처 읽어나갈 모양이었다.

잠시 침묵이 흘렀다.

교코의 손가락은 마침내 자잘한 볼록점들의 행렬에서 물러났다. 나카무라 씨는 이때를 기다렸다는 듯이 그제야 침묵을 깼다.

"교코, 오셨단다" 하며 고타쓰 쪽으로 손짓해주었다.

"딸, 교코입니다."

교코는 웃음을 띠며, 내 쪽으로 머리를 들었다. "안녕하세요."

"안녕하세요." 나도 인사를 하고, 이름을 말했다.

교코는 내가 서 있는 위치와 머리 높이를 확인하는 듯한 느낌으로 얼굴을 들고 있었다. 가까이서 그녀의 얼굴을 보고 조금 놀랐다. 이따금씩 속눈썹이 긴 눈꺼풀이 열릴 때마다, 그 아래 그녀의 눈이 보였다가 사라졌다. 그것은 지극히 평범해 보이는 눈이었다. 이상한 이야기지만, 그녀의 눈이 그러리라고 상상하지 못했다. 안구가 새하얗지도 않고, 검은 눈동자도 변형되지 않았다. 굳이 말하면, 눈의 초점이 주변 상황에 **맞춰지지 않았다**는 느낌은 있었으나, 그것도 주의하지 않으면 알아채기 힘들었다.

눈이 보이지 않는 사람을 실제로 만나기는 처음이었는데, 언뜻 보기에 거의 여느 눈과 다름없는 듯한 그 눈이 보이지 않는다는 사실은 믿기지 않을 정도였다.

나카무라 씨가 권하는 대로, 교코와 마주보면서 고타쓰에 들어갔다.

"차를 내올게요" 하고 나카무라 씨는 방을 나갔다.

잠시 침묵이 이어졌다. 교코는 점자책을 덮고, 그 가장자리를 손끝으로 매만졌다.

"느낌이 좋은 방이군요." 남과 함께 한자리에서 말없이 오래 있으면 언제나 거북해진다.

교코는 이 말에는 대답 않고, "편히 앉으세요" 했다.

나는 깜짝 놀랐다. 그녀가 단정히 정좌를 하고 있기에 나도 모르게 **덩달아** 정좌를 하고 있었는데, 솔직히 말해 정좌는 고역이었다. 하여 그녀의 어머니가 어서 돌아와서 나의 고통을 알아채고——바로 교코가 방금 말한 대로——, "편히 앉으세요"라고 말해주기를 기도하는 심정으로 기다리고 있었다.

하지만 교코에게 나의 앉은 품이 보일 리 만무하다.

"아니, 어떻게 아세요?" 얼결에 되물었다.

"난, 태어났을 때부터 눈이 보이지 않지만, 보이지 않아도 여러 가지를 알 수 있어요. 남들이 별로 신경 쓰지 않는 소리라든가, 사람이 움직이는 낌새라든가, 무슨 냄새나 공기의 미묘한 움직임 같은 걸로 주변의 상황을 대개 알 수 있죠" 하고 그녀는 소탈하게 설명했다.

나는 과연, 그렇겠다 싶었다. 그래서 "과연"이라고 말했다. 눈이 보이지 않는 사람이 모두 그런지, 아니면 그녀가

특별한 초능력의 소유자인지는 알 수 없으나, 아무튼 마음
속으로 그녀에게 감사하면서 책상다리를 했다.

다시 짧은 침묵이 흘렀다.

그럴듯한 화젯거리를 떠올리지 못해, "교코 씨는 간사
이(關西, 교토와 오사카를 중심으로 한 지방을 가리킴—옮긴
이) 말투가 전혀 아니군요" 하고 말했다. 워낙 세상 돌아
가는 이야기에는 서툰 사람이다.

"그래요. 난, 도쿄에 죽 있었으니까. 태어난 것도 도쿄,
학교 다닌 것도 도쿄."

그녀는 그제야 점자책 만지작거리는 걸 멈추고, 손을 더
듬어 고타쓰 대(臺)의 위치를 확인한 뒤, 그 위에 책을 놓
았다.

"아버지가 원래 교토 분이셨어요. 어렸을 때 교통사고
로 돌아가셨지만……, 교토에는 친척이 많아 예전부터 엄
마와 같이 자주 놀러 왔었죠. 하지만 늘 기간이 짧았고, 도
쿄로 돌아가선 다시 곧바로 표준어를 쓰게 되니까, 간사이
말투는 별로 옮지 않았나 봐요."

이야기할 때, 그녀는 내내 얼굴을 내 쪽으로 향했다. 그
녀에게 이런 식으로 **보여지고** 있으니, 그녀의 눈이 보이지
않는다는 사실이 더욱더 믿기지 않았다.

그녀의 어머니가 다시 나타났다.

우리는 차를 마시며 잠시 두서없는 이야기를 나누었는데, 그러다 방문의 본래 목적이 다소 신경 쓰여, 두 사람을 향해 "대면낭독 말입니다만, 어떤 식으로 하시고 싶은지요?" 하고 물었다.

교코는 왼손으로 찻잔 받침의 위치를 확인하고 나서 찻잔을 그 위에 올려놓았다. 딸각하는 작은 소리가 났다. 그녀는 한 번 더 몸을 내 쪽으로 틀었다.

"난, 문학을 아주 좋아해요. 일본 문학, 외국 문학 모두. 그런데 일본에는 점자로 된 문학 작품이 아직 그리 많지 않아요. 유명한 작가의 대표 작품이 조금 있을 정도. 반면에 침술이나 뜸, 안마에 관한 점자책은 넌더리 날 정도로 많죠. 그리고 성경이나 기독교 관련 책도 무지 많아요. 육법(六法)까지 점역(点譯)되어 있는 모양이에요. 대단하죠? 『육법전서』 점역이라니. 그치만 솔직히 말해 그런 걸 진지하게 읽어보고 싶어하는 사람은 별로 없을 테죠. 난, 예전부터 이런 일에 늘 화가 나요. 눈이 안 보인다고 해서, 보통 사람들이 거들떠보지도 않는 시시한 걸 어째서 우리가 읽어야만 하느냐고. 그렇지 않아요?" 하고 그녀는 조금 흥분해서 말했다.

듣고 보니 옳은 말이었지만, 나는 뭐라 대답해야 좋을지 몰라서 아무 말도 하지 않았다.

"그래서 문학 작품을 좀더 읽고 싶다는 생각에, 도쿄에 있을 때 맹인 학교나 점역 서클의 자원봉사자들에게 정기적으로 책 낭독을 부탁하거나, 문학 작품을 녹음한 테이프를 사기도 했죠. 이곳으로 옮겨와서도 그걸 계속해야겠다 생각하던 참에, 그쪽 대학의 유학생 이야길 듣고 왠지 부탁해볼 마음이 생긴 거예요."

문학을 동경하는 교코의 고백을 듣고, 적이 복잡한 기분이 되었다.

왜냐하면, 나는 대학에서 일본 문학을 전공하고 있었기 때문이다.

애당초 일본에 온 명확한 이유라는 것이 내겐 특별히 없었다. 옛날부터 여행을 좋아해, 스무 살 이후 오랫동안, 소위 유목민 같은 생활을 계속해왔다. 5년 남짓 이곳저곳을 여행하며 이런저런 풍경 속에서 지냈고, 그리고 많은 사람을 만났다. 정신을 차리고 보니, 보헤미안처럼 이동을 반복하는 것이 나 자신의 본성이자 숙명 같은 게 되어 있었다. 그러니까 나는 말하자면, **어쩌다가**—유목민적으로—일본에 흘러들어왔을 뿐이었다.

하지만 이런 설명을 듣고도 대체로 사람들은 납득하지 못했다. 그들은, 이봐, 좀더 구체적이고 논리적인 이유가 없으면 곤란하잖아, 하는 듯한 표정을 내게 던졌다. 여자 꽁무니를 쫓아왔겠지. 동양의 신비적인 세계를 동경해서 왔겠지. 그들은 확실히 이런 피상적인 설명을 요구했다. 그러나 나는 그들을 위해 그런 걸 제공해주지 못했다. 나는 어디까지나 **어쩌다가, 유목민적으로** 일본에 흘러들어온 것뿐이니까.

문학을 전공으로 선택한 것도 비슷한 애기였다. 일반적으로 말해 문학은 특별히 아무런 쓸모가 없는, 장래성도 없고 실용성도 없는 분야이다. 다른 유학생과 이야기해보면, 다들 경제 대국인 일본을 동경해 건너와서, 그 경제 성장의 비밀을 손에 넣으려고 보다 실리적인 분야를 연구하고 있었다. 앞으로 자신의 나라로 돌아가 일본에서 얻은 지식을 살려 사회에 공헌하겠다는 명확한 목표를 갖고 있었다. 그런 가운데 나는 어정쩡하게 붕 떠 있었다.

순수한 향학심에서 일본 문학을 선택한 거라면 그나마 구제 가능했을지도 모른다. 하지만 솔직히 말해, 그렇지 못했다. 문학을 통해 일본의 다양한 시대 풍습이나 사람들의 생활을 연구하고 싶다는 학문적 동기도 없거니와, 장차

내 나라로 돌아가 일본 문학을 가르칠 마음도 없었다. 그저 **어쩌다가** 문학을 선택했을 뿐이었다. 그러므로 문부성의 기준으로 볼 때, 필시 유학생으로서는 실격 직전인 아슬아슬한 선을 위태롭게 떠다니고 있는 셈이었다.

굳이 말한다면, 한결같은 향학심은 없었다 하더라도, 옛날부터 책 읽는 건 좋아했다. **순수하게** 좋아했다. 홉슨의 딸기 아이스크림에 코코넛 가루를 뿌려 먹는 걸 순수하게 좋아하는 사람이 있는 것과 마찬가지로, 독서를 순수하게 좋아했다. 어릴 적부터 책만 읽었다. 손에 닿는 대로 새 책을 이것저것 구해 와서, 닥치는 대로 하나하나 읽어나갔다. 아무리 읽어도 늘 책에 굶주렸다. 선원이 되었을 때도 책을 계속 읽었다. 배 위에서는 일이 끝나면 개인 시간이 얼마든지 주어진다. 그런 의미에서 오랜 항해는 문학에 심취하는 데 이상적인 환경이었다.

하지만 그런 과잉 소비적 독서는 결코 공부라 할 만한 게 못 되었다. 책을 다 읽자마자 구체적인 내용은 기억에서 사라지고, 내 마음에는 작품의 감동과 **분위기** 같은 막연한 것밖에 남지 않았다. 그랬기 때문에 대학에 들어가서도 유명한 작품을 인용할 수도 없었고, 다른 사람에게 그 감동을 정확한 단어로 전달하는 것도 아주 서툴렀다.

생각해보면, 문학을 선택한 또 하나의 이유가 있었는지도 모르겠다. 나는 일본뿐 아니라 세계 각지의 고서적에 큰 매력을 느꼈다. 금전 감각이라곤 눈곱만치도 없이, 늘상 가난 귀신에 멱살 잡힌 듯한 생활을 했다. 그러고서도 생활의 기반만 잡히면 미친 듯이 그 나라의 고서적을 사 모았다. 그리고 다시 여행에 나설 때, 그 책들을 깨끗이 —아무런 미련 없이— 팔아버렸다. 일시적인 고서적 소유 갈망이라고나 할 수 있을지.

교토로 이사 온 후로는 시내의 고서점을 샅샅이 찾아다니며, 값비싼 초판본이나 복각본 등을 구입했다. 아르바이트 급료를 손에 쥐면 심야 완행열차를 타고 도쿄까지 나가, 고서점이 늘어선 진보초(神保町)에서 해질녘까지 하루를 보내는 일도 드물지 않았다. 서가 틈바구니에 서서 예쁜 상자에 담긴 나쓰메 소세키(夏目漱石〔1867~1916〕, 소설가—옮긴이)의 『마음』이나, 풍자적인 삽화가 들어 있는 후타바테이 시메이(二葉亭四迷〔1864~1909〕, 소설가—옮긴이)의 『뜬구름』, 책 표지에 흠집이 생긴 다니자키의 『문신』 등 다양한 책을 잇달아 손에 들고는 잠시 망설이다 다시 원래 자리에 꽂곤 했다.

결국 항상 나 자신의 경제력을 훨씬 초과하는, 전혀 실속 없는 쇼핑을 하고 말았다. 그리고 다시 심야 완행열차에 흔들리며 새로운 보물을 손에 넣은 설렘과, 이대로 가다가는 틀림없이 파산의 길을 걷게 될 거라는 강한 위기감에 짓눌려 교토로 돌아오곤 했다.

스티비는 그런 고서적을 잘도 갉아댔다.

토끼라는 동물은 개나 고양이와 달리 목소리를 내지 않는 탓인지, 일반적으로는 그저 **귀엽다** 정도의 평가밖에 받지 못한다. 하지만 이건 편견에 가득 찬 불공평한 시각이라고 말하지 않을 수 없다. 몇 년간 함께 지내보면, 토끼가 의외로 개성 있고 붙임성 좋은 생명체라는 사실을 누구나 깨닫게 될 것이다. 스티비도 영리하고 무척 완고한 토끼였다. 외국 출생이라는 점도 곁들여, 자기주장에 관한 한 그는 천지만물의 왕자라 할 만했다.

스티비의 집은 회색 플라스틱 바구니였다. 바구니의 금속 망(網) 문에는 작고 흰 접시 두 개가 달려 있어, 거기에 먹이와 물을 담아주었다. 스티비가 자신의 똥을 밟지 않도록 바구니 밑바닥에 대[竹]로 엮은 깔개를 놓고, 그 위에 짚을 깔았다. 그리고 사흘에 한 번, 바구니를 청소하고 새 짚을 깔아주었다. 나는 이런 작업을 여행 중이건 배 위이건, 그 어디에서건 어김없이 **성심껏** 해냈다. 상대방이 눈이

번쩍 뜨일 만한 미인이건, 신장 20센티미터의 토끼이건, 생명체와의 관계는 소중히 해야 하는 법이다. 이토록 헌신적인 토끼 주인은 이 세상 어디에서도 분명 찾아보기 힘들 거라는 생각이 들 정도였다.

토끼는 독서도 않고 글을 쓸 일도 전혀 없다. 환율의 변동이나 내일의 날씨, 세계 정세 등, 세상에서 신경 쓸 일이라곤 도무지 없다. 태평스런 녀석이다. 몸을 꼼꼼히 씻거나 엎드리고 드러눕는 것 말고는 딱히 할 일이 없다. 그런 주제에 식욕은 왕성하다. 두 개의 작은 접시를 하루 만에—기가 막힐 정도의 속도로—몇 번이고 비워댔다. 접시를 비우고도, 스티비는 다음 먹이의 보급 시간을 얌전히 기다릴 줄 아는 토끼가 못 된다. **뚱보 기미가 있는 토끼는 깡다구가 부족해.** 래빗푸드나 물이 없어지면, 앞발을 접시 안에 집어넣은 채 앞니로 바구니의 금속 망 문을 붙잡고 엄청난 기세로 바구니 전체를 마구 뒤흔들었다. 그 소리가 참으로 요란하다. 이 소동이 시작되면 학교의 리포트를 쓰고 있건, 친구와 술을 마시고 있건, 귀여운 여자애와 **국제교류를 돈독히 하고** 있건, 자기 주인이 즉각 모든 걸 중단하고 새 먹이와 물을 공급해준다는 걸 스티비는 훤히 꿰뚫고 있었다.

토끼는 캐나다의 하천에서 댐을 만드는 깜찍한 비버 beaver와 같은 **설치류(齧齒類)** 동물로, 정기적으로 딱딱한 것을 갉지 않으면 앞니가 자란다.

스티비도 예외가 아니었다. 한동안 딱딱한 걸 갉지 않으면, 그의 이는 매머드의 엄니처럼 바깥쪽으로 예쁜 호를 그리면서 걷잡을 수 없이 자라고 만다. 이렇게 되면 수의사에게 데려가서 이를 자르는 수밖에 없다. 스티비는 당연히 이런 야만적인 치료법을 극도로 싫어했다. 이의 과잉 성장을 피하기 위해, 벽지며 마루 기둥, 전화 코드, 다다미 등—그리고 물론 고서적도—기회만 있으면 방에 있는 물건은 뭐든지 갉아댔다. 함께 있을 때, 늘 바구니 문을 활짝 열어놓고 그를 자유롭게 내버려두었기 때문에, 그럴 기회는 얼마든지 있었다. 그리고 아무리 유심히 지켜본다고 해도, 그는 기필코 틈을 봐서 뭔가를 파괴했다.

덕분에 나는 한 번도 시키킨(敷金, 방을 빌릴 때 지불하는 보증금으로 대개 월세의 석 달치 정도—옮긴이)을 되돌려받은 적이 없다. 스티비의 이 치료비라고 생각하고 지금은 거의 체념 상태다.

일주일에 한두 번꼴로 교코의 집에 다니기 시작했다.

대체로 수업이 끝난 뒤 그녀를 만나러 갔는데, 가끔은 주말에 가는 일도 있었다.

봄을 맞이하려는 캠퍼스에서는 응원단원들이 점심 시간에 ─마치 머리에 나사가 빠져버린 듯한 기세로─, 두 팔을 야단스레 휘두르며 소리를 크게 질러댔다. 여학생들은 매일이다시피 휴강을 알리는 게시판 앞에 모여, 기뻐하고 또 슬퍼했다. 대학 캠퍼스란, 작지만 다양한 드라마가 펼쳐지는 장소이다.

대학을 빠져나와 작은 바이크를 몰고 시라카와 거리의 완만한 비탈을 남쪽으로 내달렸다. 새이엉 지붕의 작은 문을 지나 예의 신기한 마당으로 들어서면, 처음 방문했을 때와 똑같은 기묘한 기분에 어김없이 사로잡혔다. 모든 게 너무나 정적에 차 있고, 나의 일상생활을 둘러싼 현실에서 너무나 동떨어져 있었다. 집 앞에 도착하면 교코의 어머니는 어김없이 현관에 서서 나를 기다리고 있었다. 아무 말 없이 그저 가볍게 미소 지으며 서 있는 그녀의 모습을 보면, 왠지 늘 두근두근거렸다. 그러나 그녀는 이엔 아랑곳 않는 기색으로 가볍게 절을 하고, 작은 집 안채의 따뜻한 거실로 안내해주었다.

거기에 교코가 있다. 그녀는 대개의 경우, 고타쓰 앞에서 점자책에 복잡하게 나열된 볼록점을 손끝으로 짚고 있다. 어쩌다가 얼굴을 텔레비전과는 약간 딴 방향으로 향한채, 키들키들 웃으며 프로그램을 **듣고** 있을 때도 있다.

어머니가 차나 커피를 놓고 방을 나가면, 교코와 단둘이 남았다. 그럴 때면, 언제나 그녀의 독특한 아름다움에 동요되고 말았다. 옆구리에 끼고 있던 두세 권의 책을 고타쓰 위에 놓으면, 교코는 그 소리를 알아듣고 천천히 방향을 내 쪽으로 틀면서, "오늘은 무얼 가져왔어요?" 하고 인사 대신 물었다.

제일 먼저 읽은 건, 그때 마침 대학에서 공부하던 『무희(舞姬. 모리 오가이〔森鷗外, 1862~1922〕의 단편소설. 1890년작품—옮긴이)』의 현대어판이었다. 현대어판이라도 그 무렵 나의 읽기는, 마치 걸음마를 갓 시작한 아기처럼 불안하게 더듬거렸다. 복잡한 활자의 흐름을 힘겹게 읽어나가는 목소리에는 생기가 없고, 연거푸 모르는 한자를 만나면엄청 혼란스러워졌다.

2월 말의 토요일이었다. 그날도 낮부터 교코를 위해 그리 신통찮은 낭독을 해주고 있었다. 일종의 자원봉사 활동이라 생각하면 불평을 들을 까닭이 없다고 스스로 타일렀지만, 문장의 흐름이 하도 느린 탓에 조용히 귀 기울이는 교코가 딱하게 여겨졌다.

춤추는 듯한 활자의 바다에서 얼굴을 들어, 그녀의 옆모습을 엿보았다. 그녀는 별로 불만스러워 보이지는 않았다. 마루 기둥에 등을 기댄 채, 창문 쪽을 향해 두 팔로 무릎을 그러안고 그 위에 턱을 얹고 있었다. 그녀의 모습은 차분해 보였지만, 동시에 무척 무방비적이고 가련하게도 느껴졌다. 그리고 그것은—그 정체를 파악하지 못한 채—마치 은은한 매화꽃 향기처럼 방 전체에 퍼져 있었다.

이야기가 끊긴 때문인지, 아니면 나에게 보여지고 있음을 느꼈는지, 다소 쑥스러운 듯이 "아니, 왜 그만 해요? 계속해줘요" 하고 작은 소리로 말했다.

그러나 나는 곧장 계속하지 않았다.

"이 마당엔 정말이지 여러 식물이 예쁘게 피어 있군. 손질은 누가 하나?"

"엄마도 더러 하지만, 대개는 입구에서 가장 가까운 집에 사는 아주머니가 해주시는 모양이에요" 하고 교코는 입술을 손끝으로 매만지며 대답했다.

나는 처음 왔을 때 딱 마주친 빗자루 아주머니를 떠올렸다. 이 아름다운 마당을 정성껏 손질하는 그녀의 모습이 왠지 쉽게 상상이 되지 않았다. 다시 짧은 침묵이 방에 내려앉았다. 그것을 의미 없는 작은 한숨으로 메운 뒤, 다시 읽기 시작했다.

한 시간 남짓 계속 읽어가다 보니, 여느 때처럼 집중력이 가을바람에 낙엽 쓸리듯 흩어져버리고, 목소리도 탁하게 쉬었다.

"그럼, 오늘은 이쯤에서 그만 할까요?" 하고 교코가 말했다.

머리가 어질어질하고, 턱이며 입술도 마치 달라붙은 껌 같은 상태가 되고 말아, 적잖이 안도했다. 책을 천천히 덮어 고타쓰 위에 놓았다. 바깥으로 눈을 돌리니, 어두워서 작은 마당이 거의 보이지 않았다. 땅거미가 점점 짙어져감에 따라 마당이 내다보이는 커다란 유리문은 실내의 거울로 바뀌어, 거기에 앉아 있는 우리 모습이 조금씩 또렷이 비쳐졌다. 마치 오래된 영화관에서 조명이 서서히 사그라져가는 가운데, 인상파 영화의 첫 장면을 보는 듯한 느낌이었다.

교코는 손을 더듬어 담뱃갑을 찾아, 그 안에서 한 개비를 꺼냈다. 손끝으로 라이터돌을 확인하고 나서 담배 끝을 갖다 대고 불을 붙였다. 하지만 그녀가 담배를 **수평이 아니라** 조금 비스듬하게 쥔 탓에, 끝부분에서 파사삭하는 소리를 낸 다음 순간, 담배는 어중간한 불꽃을 피우며 한가운데까지 타들어가고 말았다. 교코는 당황해서 그걸 고타쓰 대 위에 떨어뜨렸다. 불꽃은 곧 꺼졌지만, 방 안은 상당히 매캐해졌다.

그녀는 한숨을 지었다.

"이것만은 아무래도 잘 안 돼요. 엄만 늘 이제 그만 포기하라지만, 난, 가끔 담배를 무지무지 피우고 싶을 때가 있어요."

"내가 불 붙여줄까?"

잿더미에서 주워 올린 듯한 새까만 담배를 재떨이에 꼼꼼히 끄고 나서, 나는 갑에서 다시 한 개비를 꺼냈다. 순간 망설이다, 결국 직접 불을 붙여 그녀에게 건넸다.

"자, 여기."

우리의 손가락이 살짝 맞부딪쳤다. 담배는 내 입에서 그녀의 입으로 옮겨졌다. 그녀는 그걸 잠시 맛있게 빨았다. 나는 눈을 감고, 귀 기울였다. 담배 끝이 천천히 타들어가는 희미한 소리가 들릴 듯이, 사위는 조용했다.

"당신은 담배를 피우지 않나요?" 하고 조금 지나 교코가 물었다.

"파이프는 피워. 한데 일본에선 젊은 사람이 파이프를

피우면 언제나 이상한 눈으로 바라보니까 난감하지" 하고, 나는 눈을 뜨고 말했다.

그녀는 웃었다. "그런 거, 어디서 배웠어요?"

"우리나라는 병역 의무가 있어서 예전에 군대에 있었지. 정확하게는 전차 부대. 훈련할 때면, 하룻밤을 장갑차 안에서 보내는 일이 다반사였어. 그것도 말도 못 하게 추운 겨울밤에. 조금이라도 몸을 덥히려고 우린 다들 파이프를 돌려가며 피웠지. 지독한 연기로 거의 숨 막힐 지경이었지만, 어쩐지 따뜻해진 느낌이었어. 엔진을 끄면 장갑차 안은 냉장고처럼 추워지니까."

그녀는 아무 말 없이 가볍게 끄덕였다. 가슴이 조금 아파왔다. 그녀 안에서 내 이야기는 어떤 식으로 비춰지고 있을까. 하지만 나는 그걸 말로써 그녀에게 제대로 물어보지 못했다.

"그리고 일본 담배 중에서는," 하고, 나는 계속했다. "SHINSEI를 제일 좋아해. 프랑스의 **골루아즈**와 비슷하고 담배다운 맛도 나고, 비싸지 않아. 담배란 원래 건강에 죽도록 나쁜 물건이니까, 어차피 피울 거면 다소 강렬하더라도 엄청 맛 좋은 걸로 피우는 게 좋다, 이게 내 철학이야."

그녀는 손을 더듬어 재떨이를 확인하고 나서, 담뱃재를

조용히 털었다. "파이프, 재미있겠네요. 언젠가는 피워보고 싶어" 하고 혼잣말처럼 말했다.

낭독하는 틈틈이 세상 이야기를 하거나, 마치 메이지(明治) 시대의 서생이 된 기분으로 문학 이야기도 했다. 책 내용에 대해 서로 이야기를 나누고, 문학에 관한 소박한 궁금증을 풀어놓기도 했다. 책을 직접 읽을 수는 없어도 교코가 그런 이야기를 하는 건 전혀 부자연스런 일이 아니었다. 장르와 시대를 불문하고, 그녀는 문학에 대해 나보다도 훨씬 풍부한 지식을 지니고 있었다.

"그런데, 오타 도요타로(太田豊太郎)는 어째서 그 귀여운 무희를 남겨두고 일본으로 돌아왔을까? 나라면 절대 그런 시시한 공무원 생활로는 돌아가지 않아요. 틀림없이 베를린에서 그녀와 함께 살았을 거예요. 그래요, 그는 빛나는 스타의 길을 걸어가는 그녀를 지켜보면서, 독일 와인을 마시고 독일 문학에 심취한 나날을 보내는 편이 훨씬 행복했을 텐데" 하고 그녀는 너무나 진지한 표정으로 말했다.

"그것도 나쁘지 않군. 하지만 나는 그가 유감스럽게도 당시의 관료 제도를 벗어나지 못한, 어쩔 수 없는 마더콤

플렉스에다 인정머리 없는 녀석이었다고 봐. 그 녀석 안에는 엄마의 모습과 관료 사회에서의 출세가 한 몸이 되어 있고, 그걸 거스르는 일은 절대 불가능했을 거라 생각해. 게다가 그는 어쩌면 독일 와인을 별로 좋아하지 않았는지도 모르지.”

교코는 웃었다. “당신에겐 문학 평론가 소질은 별로 없어 보이네요.”

나도 웃었다. “그럴 거야.”

이른 봄의 조용히 흐르는 시간 속에서 여러 책들을 읽었다. 그중에는 처음부터 끝까지 다 읽은 것도 있었지만, 대개의 경우, 마침 그날 갖고 있던 책 가운데 일부를 읽거나 그즈음 학교에서 공부하고 있던 작품을 선택하기도 했다.

교코의 집에는 높다란 나무 책장 하나가 있었다. 그것은 순 일본풍 거실 분위기에 지독히도 안 어울리는, 북유럽풍의 밝은 색깔이었는데, 거기에는 내 눈이 휘둥그레질 정도의 각종 고서적이 빽빽이 늘어서 있었다.

“좀 고리타분하긴 해도, 이 가칠가칠한 종이 감촉이 너무 좋지 않아요? 이건 엄마가 젊었을 때 산 거예요. 우리 엄만, 꽤나 문학소녀 티를 냈었나 봐요” 하고 교코는 책

장에서 약간 색 바랜 초록 상자에 든 책 한 권을 내게 건
넸다.

그것은 호리 다쓰오(堀辰雄[1904~1953], 소설가—옮긴
이)의 『바람 일다』였다. 제1장의 페이지를 넘겨보니, 왼쪽
하단에 작은 글씨로 'from 고스기(小杉), 가루이자와(輕
井澤)에서의 추억을 마음에 담아'라는 짧은 문장이 적혀
있었다. 아무래도, 교코의 어머니는 단순히 순진한 문학소
녀가 아니었던 모양이다. 그러나 나는 교코에게는 이걸 말
하지 않았다. 어쩐지 어머니의 작은 비밀을 지키는 것이,
책장의 고서적을 몰래 보는 즐거움의 보상처럼 여겨졌기
때문이다.

그 무렵 나는 드디어 본격적으로 문학을 공부할 마음이
생겼다. 문학을 연구한들 장래 무얼 할지 혹은 무얼 할 수
있을지, 특별히 명확한 비전이 있지는 않았지만, 아무튼
대단히 분발하고 있었다. 낮에는 학교 도서관이나 작은 국
문학 연구실에서 공부하고, 강의나 세미나에도 부지런히
출석했다.

평일뿐 아니라 주말에도 공부했다. 이를테면, 연중무휴
유학인 셈이었다.

교토로 이사한 직후에, 하숙 근처에 '교토 국제교류회

관'이라는 이름의 건물이 새로 세워졌다. **국제 교류**에 이만한 돈을 쏟아 붓느니, 차라리 우리 유학생들의 생활 개선을 위한 시설에나 써주지, 하고 절로 삐딱하니 빈정거리게 만드는 호화스런 건물이었다. 하지만 어쨌거나 주말에는 늘 그곳 2층의 작은 도서실에서 공부했다.

해질녘부터는 한큐(阪急)나 게이한(京阪) 전차로 오사카(大阪)를 오가며, 영어 회화를 가르치는 무미건조한 아르바이트를 하고 있었다. 우메다에 본부를 둔 작은 학교에 근무하면서, 거기서 오사카 시내와 교외의 몇몇 기업에 파견되었다. 그리고 그 회의실의 화이트보드 앞에 서서, 샐러리맨이나 여사무원들을 상대로 영어 회화를 가르쳤다.

학생 가운데는 매우 진지하고 또한 의욕적으로 영어를 배우고 싶어하는 사람이 있는가 하면, 수업은 아예 뒷전이고 한시라도 빨리 **선생님**(이 단어가 나를 가리킨다는 것에 익숙해질 때까지 상당한 시간이 걸렸다)과 술 마시러 가고 싶어하는 사람도 있었다. 나는 그때그때의 분위기로 수업의 진행 방식을 판단하는 수밖에 없었다. 곁에서 보기에는, 수업을 착실히 하건 적당히 하건 학생들은 다들 즐거워하고 급료도 받을 수 있으니, 분명 꽤 괜찮은 일로 비춰졌으리라. 하지만 솔직히 말해, 그런 금전적인 이득을 빼면 달리 아무런 자극도 보장도 없는 일을 위해, 매일 밤 오사카까지 다니는 것은 어지간히 성가신 노릇이었다.

전차로 편도 한 시간가량이 걸렸다. **통근**을 하면서, 참으로 다양한 경험을 했다. 그건 때로 불쾌감을 맛보게도 했다.

플랫폼에서 일본어 신문이나 소설을 읽고 있으면, 꼭 어김없이 엉뚱한 샐러리맨이 뒤에서 "오― 유― 자파니―즈 간지(한자―옮긴이) 옷케―?" 하고, 무슨 뜻인지 알 수 없는 말을 자신 있게 걸어왔다.

괜한 참견 말고 내버려두쇼, 한마디 해주고 싶은데, **제법 끈질기게 치근거리는 데는 못 당해.** 손에 들고 있는 책을 어깨 너머로 마냥 하염없이 들여다보다, 잠시 후 이번엔 "자파니―즈 간지 무즈카시―(어려워요―옮긴이)?" 하고 **재치 넘치는 말로** 묻는다.

맙소사. 이런 상투적 문구 말고는 그렇게도 지껄일 말이 없나. 게다가 그냥 평소 하던 대로 말해주면 좋으련만, **평소대로.**

전차를 타고 나서도 빈번히 엉뚱한 사람과 맞닥뜨렸다. 옆 자리에 샐러리맨이 걸터앉는다. 전차가 달리기 시작하면 소곤소곤 영어로 이것저것 물어온다. 마치 무슨 호구

조사라도 받는 느낌이다.

하는 수 없이 요구하는 설명을 일본어로 시작하면, 그 녀석은 도중에 벌떡 일어나 **일본말 하는 가이진**(外人, 외국인을 줄여서 부름. 이방인―옮긴이)**에겐 볼일 없다**는 기색이 역력한 표정으로 자리를 뜬다. 그러면 나는 어안이 벙벙해져서 입을 떡 벌린 채 얼빠진 표정으로 혼자 남겨진 꼴이 되고 만다. 피차 마찬가지. 여긴 일본이니까 일단 일본어로 이야기하잔 말이야. 사람과 이야기하는 게 목적인지 영어 회화 연습하는 게 목적인지 도통 알 수 없다. 그 무렵, 이런 일로 걸핏하면 화가 치밀었다.

구로타니에 있는 집을 방문할 때만이, 학교의 묘한 긴장감에서, 또한 아르바이트의 허무한 피로감에서도 완전히 해방되었다. 그것은 어느 틈엔가 내게 소중한 휴식 시간이 되었다. 나는 이 시간을 온전히 나 자신만의 것으로 하자고 마음먹었다. 그래서 다른 유학생이나 일본인 친구에게도 교코에 대해선 전혀 얘기하지 않았다.

딱 한 번, 유학생 라운지의 나카야마 씨가 "눈이 안 보이는 그 여자, 그후로 어떻게 됐어?" 하고 묻기에, "아아, 교코 말인가요? 뭐, 그럭저럭 하고 있어요"라며 애매하게 대답하고 그 화제를 피했다.

봄 방학에 들어가면서, 우리는 매일 만나다시피 했다. 책 낭독뿐만 아니라 어느새 가벼운 데이트도 하게 되었다. 처음 그녀와 함께 시내에 나갔을 때, 적이 당황하고 말았다. 낭독이 끝나고 둘이서 식사하러 가기로 했는데, 나는 먼저 집 밖으로 나가, 대체 어떤 식으로 같이 걸어야 하나, 막연히 생각하면서 교코를 기다렸다. 그녀가 마침내 현관으로 나왔다.

"외출할 때, 하얀 지팡이 같은 건 사용 안 해?" 하고 자갈길을 멍하니 보면서 머뭇머뭇 물었다.

"물론 사용하죠. 이 안에 접이식 지팡이가 들어 있어요. 정말 대단한 물건이에요. 손에 쥐면 번개처럼 탁, 뻗어나가는 식이죠. 약간 비슷한 느낌이 들어, 난 **눈차쿠**(두 개의 짧은 떡갈나무 막대를 끈이나 쇠사슬로 엮은 병기〔兵器〕. 오키나와 지방에서 사용되었다.—옮긴이)라고 불러요" 하면서 그녀는 숄더백을 가볍게 두드려 보았다.

"그치만, 같이 있으면 필요 없잖아요" 하고, 그녀는 내 팔꿈치를 손끝으로 잡았다. 이렇게 날 안내하는 거예요, 라는 신호인 모양이었다.

"그렇군, 필요 없군" 하고 나는 대답했다.

우리는 구불구불한 비탈길을 시라카와 거리까지 내려
가, 긴린(錦林) 차고 앞에서 버스를 탔다. 다른 승객들이
우리를 빤히 쳐다보았다. 교코에게 좌석 위치를 알려주면
서, 그들의 시선을 따갑게 느꼈다. 우리는 이 도시의 사람
들 눈에 틀림없이 다소 지나치게 전위적인 커플로 비칠
지도 모른다. 이렇게 생각하며 교코 곁에 걸터앉았다. 바
닐라와 선향(線香)이 섞인 듯한 가벼운 향수 내음이 풍겨
왔다.

우리는 커피숍에서 차를 마시거나 극장에서 영화를 보
기도 했다. 교코가 처음에 "우리, 영화 보러 가요" 했을
땐, 아닌 게 아니라 깜짝 놀랐다. 그러나 눈이 보이지 않아
도 그녀는 영화를 무척 즐겼다. 일본 영화인 경우, 나는 대
화가 없는 부분만을 그녀의 귓전에 대고 간단히 설명했다.
외국 영화는 자막을 일일이 읽어야 하니까, 훨씬 힘들었
다. 영화 상영 내내 소곤소곤 이야기하면 주위 사람에게
피해를 주니까, 늘 극장의 가장 구석진 자리에 앉을 수밖
에 없었다.

교코는 아무렇지도 않게 자신의 손을 내 팔에 얹거나,
어깨와 어깨가 맞닿을 정도로 내 쪽으로 바싹 기대기도 했
다. 그것은 그녀에게 극히 자연스러워 달리 깊은 의미는

없어 보였지만, 나는 그럴 때마다 항상 묘한 설렘으로 흔들렸다.

나는 혼자서도 자주 교토 시내를 산책했다. 하숙집은 치온인(知恩院)과 마루야마(円山) 공원 근처에 있었는데, 마루야마 공원의 밤 벚꽃 구경을 무척 좋아했다. 시센도(詩仙堂)는 내가 좋아하는 또 하나의 장소였다. 벚꽃 철이 지나고 관광객도 줄어들면, 시시오도시(鹿威し, 대나무 물받이 홈통의 한쪽에 물이 쏟아지면, 반동으로 다른 쪽이 튀겨져서 돌을 때려 큰 소리를 내게 만든 장치. 본래는 논밭의 새나 짐승을 쫓는 데 사용—옮긴이) 소리가 규칙적으로 울려퍼지는 그 정원을 몇 시간이고 바라보았다. 가끔 도후쿠지(東福寺) 쪽으로 발길을 옮겨, 셋슈지(雪舟寺)의 쓰루카메(鶴龜) 정원을 바라보며 말차(抹茶)를 마시곤 했다.

목조 계단에 걸터앉아 류안지(龍安寺)의 돌 정원을 하염없이 관상했다. 난젠지(南禪寺), 구라마(鞍馬), 니조조(二條城), 아라시야마(嵐山), 사가노(嵯峨野), 헤이안 신궁(平安神宮) 등, 몇 시간이고 지루한 줄 모르고 도시를 걸어 돌아다녔다. 무작정 도시 속으로 푹 빠져들고 싶었다. 마음이 편안해지는 고풍스런 풍경이나 건축물을 순수하게 좋아했다. 나는 마치 유유히 흐르는 강물에 납작한 돌이 천천히 가라앉는 느낌으로, 교토의 순 일본적인 공간에 젖어들었다.

그 이유를 알지 못한 채, 교토라는 도시에 뭔가를 강렬히 갈구하고 있었다. 도시에서 뭔가를 얻으려 하고 있었다. 혹은 배우려 했는지도 모른다. 옛 도읍지는 내게 새로운 프런티어였고 거기에서 많은 발견을 기대하고 있었다. 무조건 도시에 흡수되고 싶었다. 그러나 기대란 흔히 배반당하기 위해 존재하는 법이다.

5월은 수학여행의 계절이었다.

수학여행에 나선 학생들은 마치 아프리카의 대지를 주기적으로 뒤덮어버리는 시커먼 **메뚜기**떼처럼 도시로 엄습해왔다. 그들은 도보로, 아니면 매캐한 배기가스를 뿜어대는 거대한 관광버스로 도시를 돌았다. 그 가운데는 사치스런 택시파 녀석들도 있었다. 그들은 보지도 않은 절이나 정원을 배경 삼아 V사인을 득의양양 내보이며 기념사진을 찍거나, 장난감 같은 토산품을 사러 나다니며 허둥지둥 하루를 보낸다. 그리고 저녁 해가 질 무렵, 호텔이나 여관 현관 앞에 웅크리고 앉아, 녹초가 된 멍한 표정으로 체크인 수속이 끝나기를 기다린다.

그들과 맞닥뜨리는 것은 어느새 내게 일종의 악몽이 되

었다. 그 무리 중 한 사람에게 그만 발견되면, 지체없이 "앗, 가이진이다!" 하는 소리가 터져나온다. 그러면 "야, 야, 봤어? 가이진이야." "어디, 어디? 앗, 진짜다. 가이진 이다." "야아, 가이진이야!" "가이진이다…… 가이진이 다…… 가이진이다…… 가이진이다……"라는 웅성거림 은 마치 전염병처럼 집단의 선두부터 후미까지 질주한다.

가이진이라 미안하게 됐군, 하고 되받아주고 싶지만, 무엇보다 상대의 숫자가 압도적으로 많다. 다음 순간, 서 로 스치는 지점까지 오고 말았다. 울어도 웃어도 더 이상 도망칠 데가 없다. "할로—" "할로—" "할로—"의 연발이 시작된다.

그들은 대체로 백 명 단위로 행동을 하고 있어서(적어 도 그쯤으로 보인다), 한 번에 상당한 수의 "할로—"가 되 는 셈이다. 시커먼 **메뚜기**의 계절이 되면 하루에 적어도 열 번 정도 이런 기이한 떼거리를 만나게 되니까—계산할 방도는 없지만— 아무튼 결코 만만찮은 수의 "할로—"에 이를 터이다. 말하는 쪽에서 본다면, 일 년에 한 번인 수학 여행 도중 겨우 한순간에 불과할지 모르지만, 듣는 쪽에서 보자면, 웬만해선 참기 힘들다.

이런 일이 며칠이고 계속되다 보니, "가이진이다! 할

로―, 할로―!"라는 상투적인 문구가 프로그래밍된 로봇처럼 연발하는 그들에 대해, 조용한 분노와 경멸을 품지 않을 수 없게 되었다.

장마는 마치 복병처럼 기습적으로 어느 날 돌연, 기묘한 일관성을 띠고 찾아왔다. 도시의 건물도, 도로의 아스팔트도, 지붕의 오래된 기와도, 지상에 있는 모든 것이 매일 끊임없이 쏟아져내리는 장대비에 검게 물들어, 도시는 밤이고 낮이고 움직이는 우산 숲으로 변했다.

무엇 하나 남기지 않고 죄다 젖어, 축축했다. 나의 낡은 하숙집은 특히 비참했다. 다다미가 눅눅해지고, 벽지는 흐물거리듯 끈적이고, 책장의 책들은 쭈글쭈글 구겨져 후줄근했다.

정말이지 짜증스런 날씨였다. 스티비와 교코는 후텁지근한 비를 나보다 더 싫어했다. 스티비는 하루 종일 시무룩한 표정으로 바구니 한쪽 구석에 드러누운 채, 꼼짝도 하지 않았다. 털의 윤기가 사라지고, 더위와 습기로 무척 괴로워했다.

교코도 드물게 투정을 부렸다.

"이렇게 억수같이 쏟아지는 날에 시내에 나가는 건 거

의 악몽이죠. 주위 상황도 잘 알 수 없게 되니까" 하고 그
녀는 말했다.

"소리는 내게 사물을 만지는 것과 똑같이 의지가 되거
든요. 하지만 소리가 너무 크면 거꾸로 아무것도 알 수 없
게 되고 말아요. 장대비 소리, 젖은 도로 위를 달리는 자동
차 타이어 소리, 여러 소리가 뒤죽박죽 섞여서 정말 힘들
어요. 게다가 무슨 짐이라도 있으면, 한 손에 지팡이를 잡
고 동시에 우산을 쓰는 건 고역이죠. 팔이 하나 더 있었으
면 싶을 정도예요. 내 우산이 다른 사람과 물건에 자꾸만
부딪히질 않나, 남의 우산이 내 얼굴을 때리질 않나, 힘들
어요" 하고 띄엄띄엄 이야기했다.

눈이 보이지 않으면 보통 사람은 상상도 하기 힘든 고
생스런 일이 있겠다 싶어 크게 끄덕였지만, 교코는 물론
이걸 알아채지는 못했다.

대학원 선배에 이끌려, 기야마치(木屋町)의 작은 가라
오케에서 밤새워 노래를 부르게 된 것도 바로 그 무렵부터
였다.

소문에 의하면, 밀집된 빌딩 사이로 난 골목 깊숙이 자
리한 그 가게는 비틀스가 일본에 온 해에 생겼다고 했다.
그 가게의 가장 큰 특징은 벽에 붙여놓은 여러 장의 사진

과, 카운터 구석의 대형 스크린에 비춰지는 비디오 영상,
화장실 문 안쪽에 장식해놓은 오래된 LP재킷, 이 모든 게
비틀스의 좋았던 옛 시절을 떠올리게 하는 것들뿐이라는
점이었다.

주인인 우에하라(上原) 씨는 비틀스의 열광적인 팬이었
다. 그리고 그는 비틀스를 좋아하는 사람들이 모여 비틀스
의 곡을 들으며 비틀스에 대해 조용히 이야기를 나누는 차
분한 공간을 만들고 싶어했다. 하지만 그 목표는 멋지게
빗나가고 말았다. 그는 도중에 — 우리가 가게에 드나들기
얼마 전—돌이킬 수 없는 치명적인 실수를 범했기 때문
이다. 그는 레이저디스크 가라오케 기계를 들여놓고, 가게
를 가라오케 술집으로 바꾸었다. 레이저 영상은 그가 일부
러, 그리운 비틀스의 기록 영상을 보여주기 위해 가게 구
석에 설치한 대형 스크린에 비추도록 장치되어 있었다. 그
결과, 누군가 노래를 하게 되면, 폴 매카트니는 순식간에
사라지고 그 대신 아프리카의 장대한 자연이라든가, 하트
모양의 침대 위에서 혼자 몸부림치는 알몸의 여성 같은,
가라오케 특유의 한심스런 영상이 나타났다. 그럴 때, 주
인은 말없이 카운터 안에서 위스키를 홀짝홀짝 마실 뿐이
었다.

가게 자체는 아주 소규모인 탓에 작은 카운터 주변에는 기껏해야 예닐곱 명의 손님밖에 앉을 수 없었다. 그 뒤로 콩나물시루처럼 사람을 세워둔다 하더라도, 고작 열다섯 명 정도밖에 들어가지 못했다. 그 때문인지, 가게는 늘 만원 전차처럼 붐볐다.

금요일 밤에는 샐러리맨이 많았고, 역시 비틀스 팬이 대부분이었다. 세대도 국적도 다르건만, 내 모습을 발견하고 그들은—처음엔 주뼛주뼛 영어로, 나중에는 일본어로—여러 가지를 물었다. 마치 보도진들이 전쟁터에서 막 돌아온 귀환 병사에게 최전방의 최신 정보를 캐내려는 것처럼 달려들었다.

시커먼 구름층은—힘껏 발돋움을 하면 손이 닿을 정도로—도시 위에 낮게 내려앉았다. 장마철도 얼마 남지 않았는데, 동남아시아의 스콜을 연상시키는 세찬 비가 하루에 한 번 어김없이 내렸다.

구로타니의 집에 도착했을 때 교코는 혼자였다. 그녀 앞에 앉자, 대뜸 그녀는 "우리, 오늘은 집에 있는 걸로 좀 읽어보지 않을래요?" 하고 다소 장난기 어린 투로 말했다.

"요새 맨날 일본 문학만 읽는 당신을 위해, 제가 기분

전환용 미국 소설을 한 권 준비했습니다. 짠!"

그녀로부터 건네받은 소설은 아나이스 닌의 『헨리&준』이었다. 그걸 손에 든 순간, 기분이 묘해졌다. 고교 시절, 그걸—거의 몰래 숨어서—읽을 때, 나는 숨 막힐 듯한 흥분을 느끼고, 읽는 도중에 몇 번이나 눈을 감고 스스로를 위로한 적이 있었다. 내가 보기에, 가장 아름답고 가장 슬픈 에로스로 가득 찬 현대 소설의 하나다. 성애와 쾌락에 탐닉하는 세 사람의 복잡한 관계가 눈이 핑핑 돌 정도로 빠르게 전개되었고, 앳된 고교생의 마음을 걷잡을 수 없이 자극하는, 레즈비언의 부드럽고 격렬한 러브신이 묘사되어 있었다.

나는 침을 꿀꺽 삼켰다. 그 소리는 쥐 죽은 듯이 고요한 방 안에 엄청 크게 울렸다.

"왜 그래요? 헨리 밀러는 싫어요?"

"굉장히 좋아해. 다만 교코가 설마 이런 책을 내밀 거라곤 생각 못했어." 이렇게 말하고 나는 『헨리&준』의 적당한 부분을 펼쳤다.

외국 소설을 일본어 번역으로 읽는 건 처음이었다. 책 내용까지 포함해 희미한 불안과 호기심을 느끼며 읽기 시작했다. 그런데, 그때 두 가지 일이 동시에 일어났다. 우선 내 목소리는 스스로도 깜짝 놀랄 만큼 꺼끌해졌다. 기묘한 갈증을 느껴 몇 번이고 작은 기침을 했다. 교코는 말없이 늘 있던 자리에서 바로 내 가까이로 다가왔다. 그리고 책상다리를 한 내 발쪽으로 머리를 둔 채, 손으로 턱을 괴고 다다미 위에 누웠다.

우리 둘 사이는 겨우 30센티미터 거리밖에 되지 않았다. 나 자신의 꺼끌해진 목소리와 너무나 가까이 있는 그녀의 존재를 강하게 의식하면서 소설을 읽었다. 그리고 5분도 채 지나지 않아, 책을 건네받은 순간부터 염려되었던 장면과 맞닥뜨렸다.

어두침침한 다락방에서 아나이스는 말없이 준의 침대로 파고들었다. 준의 몸 위에 다리를 벌리고 앉은 그녀는 자신의 잠옷 위쪽 단추를 풀고, 준의 두 손을 조용히 잡아 자신의 젖가슴에 갖다 댔다. 거기에 조금씩 힘이 실려 오면서, 그녀는 거의 소리를 내지 않고 조용히 몸부림치기 시작했다. 두 여성의 숨이 가빠졌다. 마침내 아나이스는 앞으로 무너져 마치 새끼고양이처럼 준의 풍만한 가슴에 얼굴을 문지르며, 얇은 입술로 단단해진 그 젖꼭지를 부드럽게 애무하기 시작했다. 문턱에 서서, 등 뒤로 어스름 달빛을 받은 헨리의 커다란 그림자가 침대 바로 앞에까지 뻗어 있었다. 그리고 그의 눈은 촉촉이 젖어 있었다.

이런 내용의 장면이었다. 정신을 차리니, 소리를 내지 않고 읽고 있었다. 오래전 맛보았던 그 성적 흥분이라는 단어만으로는 표현할 수 없는 감정의 파도가 다시 나를 감싸고 있었다.

"어머, 왜 그래요? 나빠요. 이런 부분에서 멈추지 말아요. **맛있는** 부분을 나한테도 나눠 줘요" 하고 교코는 아까와 똑같은 장난기 어린 목소리로 말했다.

나는 다시 기침을 했다. "음, 근데 말야, 딴 책으로 하는 게 어때? 이건 좀 심한데" 하고 어설픈 목소리로 제안했다.

하지만 교코에겐 먹혀들지 않았다. "어머, 혹시 부끄럼 타는 거예요? 쑥스러워요?" 교코는 웃었다. "당신, 뜻밖에 귀여운 데가 있군요" 하면서 그녀는 내 무릎에 가볍게 손을 갖다 댔다.

"……." 나는 아무 대답도 하지 않았다.

"글쎄," 하고 교코는 말했다. "당신이 책을 낭독해주는 건 무척 즐겁고, 매우 고맙게 생각해요. 정말이에요. 하지만, 그러는 이상 **검열**은 싫어요. 나 역시 그런 장면을 남들과 똑같이 읽어보고 싶단 말예요."

그녀의 말에는 일리가 있고 이리, 삼리도 있었다. 한 번 더 침을 삼켰다. 짧은 침묵이 있었다. 여느 때처럼 침묵은 얼마간 거북스런 느낌을 주었다.

"그러니 부탁이에요, 조금만 더 들려주지 않을래요? 그리고 싫지 않다면, **내친 김에** 무릎베개도 좀 빌릴게요" 하면서 교코는 몸을 미묘하게 이동시켜 아주 자연스럽게 자신의 머리를 내 허벅지 위에 얹었다.

나는 평정을 유지하려 필사적으로 애썼다. 그리고 낭독을 다시 시작했다. 하지만 목이 너무나 말랐다. 내 목소리를 매개로 한 초현실적이고 관능적인 문장은, 나직한 속삭임으로 교코의 아름다운 귀에 닿았다. 나의 단어가 실어주는, 눈에 보이지 않는 그 쾌락에 취하기라도 한 듯, 그녀는 눈을 감고 이야기의 진행에 귀 기울이고 있었다.

그러는 사이, 아주 오래된 약속을 충실히 지키는 양, 비가 내리기 시작했다. 크고 부드러운 소리에 둘러싸이자, 소설 속 다락방의 장면과, 단둘이 있는 현실의 작은 거실 공간은—서로 분간이 안 될 정도로—밀접하게 겹쳐졌다. 나는 몹시 흥분되어 있었다. 책 내용은 자신의 허벅지 위에 있는 교코의 머리 무게와 그 **가까움**을 한층 강하게 의식하게 했다. 따스하고 달큰한 느낌이었는데, 그것이 내

자신 안에서 생겨난 감촉인지, 아니면 교코의 몸에서 전해
져오는 것인지는 판단하기 힘들었다.

나는 문장과, 그걸 읽어나가는 나 자신의 목소리, 그리
고 조용히 듣고 있는 교코 사이에서 기묘한 일체감을 느꼈
다. 더 이상 활자나 육성, 나와 교코가 제각각 따로 존재하
는 게 아니었다. 나 자신의 목소리를 마치 교코와 함께 **제
3자적인 입장에서** 듣고 있는 듯한 착각에 사로잡혔다. 우리
는 둘이서 소설 속 쾌락의 세계를 들여다보고, 감동했다.
그리고 소설의 문장은 마치 눈에 보이지 않는 독립된 생명
체처럼, 거실의 공기를 희미하게 흔들어놓았다.

"멋져요." 한숨 같은 교코의 목소리가 나의 낭독을 가로
막았다. 그녀는 미소 짓고, 다시 눈을 떴다. 나는 순간, 그
녀에게 **보여지고 있는** 듯한 느낌이 들었다.

"잠깐 빗소리를 듣기로 해요" 하고 교코는 나직이 말했
다. "난, 빗소리를 듣는 데에는 상당한 재능이 있어요. 한
방울 한 방울 소리를 듣고, 그 한 방울 한 방울이 어디에
떨어졌는지 대개 알 수 있죠. 자갈 위에 떨어졌는지, 지붕
을 때렸는지, 나뭇잎을 살짝 흔들었는지, 이런 식으로."

비의 리듬에 온 신경을 집중시켰다. 하지만 그 소리를
듣고 알아맞히는 재주는 도저히 엄두가 나지 않았다. 그래

도 빗소리를 듣고 있는 동안, 목의 갈증이 어느 정도 가셔
진 듯한 느낌이었다.

『헨리&준』을 덮어 조용히 다다미 위에 놓았다. 나 자신
의 흥분과, 나와 교코 사이의 기묘한 긴장감이 수습되지
않은 채 방 안에 떠다니고 있었다. 순간, 그녀의 어깨를 만
지고 싶다는 강한 충동을 느꼈다. 그러나 이런 행동이 허
용될 만한 관계는 물론 아니었다.

갑자기 아무런 예고도 없이, 비가 그쳤다. 참으로 생뚱
맞게 뚝 그쳤다. 비가 그치자, 신기한 침묵이 우리들 위에
내려앉았다. 우리는 잠시 동안 꿈쩍도 하지 않았다. 비와
소설의 여운이 우리를 움직일 수 없는 상태로 만들고 말았
다. 그것은 아까의 침묵과는 또 다른 성질의, 아주 기분 좋
은 침묵이었다. 마치 태풍이 지나간 뒤와 같은 고즈넉이
우리를 감싸고 있었다. 나는 혼자 미소 지었다. 그러고 보
니, 교코와 함께 있을 때, 늘 뭔가를 지껄여야만 한다는 조
바심을 느끼고 있었다. 눈이 보이지 않는 그녀와의 관계에
서, 흡사 침묵이 일종의 터부라도 되는 듯한 초조감을 무
의식중에 품고 있었다. 그녀가 보지 못하는 부분을 말로써
보충해야 한다고 생각했는지도 모른다.

하지만 지금은 말이 없는 편이 오히려 편안했다. 그 침

묵 속에는—말로는 도저히 설명할 수 없는—, 확실한 대화가 깃들어 있는 듯한 느낌이었다. 그리고 우리는 그 무언의 대화에, 언제까지나 귀 기울이고 있었다.

장마가 끝난 다카세가와(高瀬川) 부근은 밤이 되어도 숨 막힐 정도로 후덥지근했다. 그래도 주말이 되면 시조(四條), 산조(三條) 거리 사이 일대는, 항상 감탄할 만한 열기로 왁자지껄 떠들며 땀범벅이 된 학생들로 넘쳐났다. 가모가와(鴨川)를 건너면 고급스런 회원제 클럽이나 수수께끼에 싸인 으슥한 찻집, **게이** 바bar, 스트립쇼 같은, 구린 돈 냄새가 풍기는 기온(祇園, 유곽—옮긴이)의 세계가 있었다. 하지만 그곳은 우리와는 인연이 없는 세계였다. 우리에겐 역시 아침까지 위스키를 마시면서 싼값에 노래할 수 있는 작은 가게 '비틀스'가 제일이었다. 거기서 많은 노래를 연습했고 많은 술을 마셨다. 나 말고도 중국, 한국, 브라질 유학생들이 그룹을 지어, 사잔, 아리스, 나가부치 쓰요시(長渕剛), 사다 마사시, 이노우에 요스이(井上陽水) 등, 무슨 노래든 가리지 않고 도전했고 실력을 닦았다.

대개의 경우, NHK의 5시 아침 뉴스를 보고 나서 가게를 나왔다. 그 시간에 가게를 나오면, 밖은 당연히 희뿌옇다. 그리고 이른 아침의 엷은 빛이라도, 하룻밤을 침침한 가게 안에서 보낸 우리에게는 거짓말처럼 눈부셨다. 기야마치 북쪽에 아침까지 영업하는 조그만 라면 가게가 있는데, 이른 아침에도 바깥까지 줄이 늘어설 만큼 북적댔다. 우리는 취기가 채 가시지 않은 몸으로 가게 앞에 쪼그리고 앉아, 희미한 아침 햇살을 받으며 김치 라면을 먹었다. 나는 쪼그리는 게 서툴렀기 때문에, 선 채로 먹었다. 하지만 쪼그리고 먹건 서서 먹건, 밤샘 후에 신선한 아침 공기 속에서 먹는 얼큰한 김치 라면은 정신이 아찔해질 정도로 맛있었다.

그러고 나서 가모가와 물가로 나가, 얕은 개울이 내려다보이는 딱딱한 돌 바닥에 걸터앉아, 두서없는 대화를 오래도록 나누었다. 똑같은 식으로 밤을 지새운 학생이나 성욕의 출구를 찾지 못한 채 아침까지 사랑 이야기를 주고받은 연인들로, 아침의 산조 대교(三條大橋) 주변에는 의외로 사람들이 많았다. 그리고 그 커플들은——마치 자로 잰 듯이——균등한 간격을 두고 강을 향해 어깨를 나란히 하고 있었다. 나는 매우 안정된 중립적인 기분으로, 위스키와 김치 라면이 몸 안에서 숙명적으로 뒤엉키는 확실한 감촉을 조용히 맛보았다.

교코를 만나 일주일에 몇 번 대면낭독을 하는 새로운 **일**을 시작한 그해 봄, 나는 나름대로 유익한 유학 생활을 착실하게 보내고 있었다. 그러나 본격적인 여름이 찾아와 분지의 더위를 더 이상 견딜 수 없게 되자, 도시를 뒤로하고 히치하이크로 홋카이도(北海道)에 가기로 했다. 그것은 과거의 내 여행과 마찬가지로 마치 『지구를 걷는 법』(관광안내서―옮긴이)의 모범 애독자 같은 가난한 여행이었다. 여관이나 호텔에 묵을 만한 금전적 여유는 당연히 없는 데다, 일본 유스호스텔의 까다로운 규칙도 성가셔, 배낭 안에 낡은 텐트와 침낭을 넣고 마치 도망자처럼 이곳저곳을 전전했다.

일본은 문자 그대로 **히처즈 파라다이스**였다. '홋카이도 방면으로'라는 한 가지 명확한 방향성을 나타내는 간결한 메시지만을 적은 골판지를 그러안고 도로 옆에 서 있으면, 자동차는 대체로 5분 이내에 멈춰주었다. 다들 매우 친절했다. 몇 가지 극히 예외적인 경우를 제외하면 말이다.

히치하이크라는 개념이 제대로 이해되지 않아선지, 두 번 정도(정확히 말하면, 시즈오카 현〔靜岡縣〕의 이름도 없는 작은 시골 마을과 후쿠시마 현〔福島縣〕의 고오리야마〔郡山〕

에서) 차를 타긴 했는데, 근처 가장 가까운 역에 다시 곧바로 내려주면서, 억지로 전차를 타도록 재촉했다. 한번은, (모리오카〔盛岡〕와 아오모리〔青森〕 사이였다) "사람의 목을 두 손으로 힘껏 조르면, 몇 시간 만에 죽을 거라고 생각합니까?" 하고 ― 마치 경마에서 당첨될 통계적인 확률에 대해 묻는 듯한 담담한 말투로 ―, 유행 지난 체리를 운전하는 기묘한 사내가 묻기도 했다. 같이 하코다테〔函館〕까지 가는 페리보트를 태워주고 야경을 보면서 저녁 식사를 사준 뒤, 나를 강제로 호텔로 데려가려 한 빨간색 알파 로메오를 모는 연상의 돈 많은 여성도 있었다.

하지만 이처럼 사소한 일들은 히치하이크에 으레 따라붙기 마련, 그것만 제외하면 여행은 극히 순조로웠다. 가장 잘 멈춰준 것은 대형 트럭이었다. 다른 여러 나라에서도 똑같은 체험을 했지만, 지루하게 달리는 운전수에게는 외국인 히처를 태워 직접 그 입으로 외국 소식을 **생방송으로** 듣는 게 기분 전환이 될 테고, 공짜로 외국 담배를 얻을 수 있는 좋은 기회이기도 했다. 또한 이쪽에서 보자면, 트럭은 단숨에 장거리를 달리니까 **마일리지**를 벌 수 있었다. 피차 서로 도움이 된 셈이다.

운전수 옆에 앉아 높은 위치에서, 정신이 아득해지는

홋카이도의 웅대한 자연을 바라보고 있으면, 기분이 상쾌해졌다. 한 달 남짓 걸려, 구시로(釧路) 습지, 시레토코(知床) 반도, 구쓰샤로(屈斜路) 호수, 왓카나이(稚內)와 오유키야마(大雪山) 국립공원 등을 돌았다. 그리고 참으로 다양한 장소에서 텐트를 쳤다. 도중에 면도하기가 귀찮아져서, 나는 수염이 자라도록 내버려두었다.

제2장

　한 달 뒤 교토에 돌아왔을 때, 내 눈에 비친 도시의 모습이 어쩐지 예전만큼 아름답지 않았다. 9월 초순의 공기는 아직 터무니없이 후덥지근했지만, 더위 탓만은 아니었다. 도시는 분명 이전과는 다른 표정을 짓고 있었다.

　홋카이도에 가 있는 동안, 영문과에 다니는 대학 친구에게 스티비를 돌봐달라고 부탁해놓았다. 도시가 실제로 변한 건지, 아니면 내 마음속에서 도시에 대한 결정적인 왜곡이 생긴 건지 당장 확인해볼 도리가 없어, 우선 스티비를 데리러 가기로 했다.

　친구는 대학 건물 바로 뒤에 살고 있었다. 그의 하숙집은 공중 목욕탕 2층에 있어서 언제나 청결한 목욕탕 냄새가 났다. 내 하숙집에서 걸으면 한 시간 남짓의 거리였지만, 일단 걸어가기로 했다. 시라카와를 따라 헤이안 신궁쪽으로 향했다. 강 수면 위에서 무수히 많은 쬐그만 벌레가 어지러이 날고 있었다. 좀더 걸으니, 얕은 여울에 호리호리한 다리를 담근 백로 한 마리가 꼼짝도 않고 우두커니 서 있었다. 도시를 휘감은 열기 탓에 어딘가에서 돌연 모양이 찌그러진 신기루가 나타나지는 않을까 의심스러워질 정도였다. 헤이안 신궁의 커다란 도리이(신사 입구에 세운 기둥 문—옮긴이)는 오후의 무더운 땡볕을 **뒤집어쓰고**, 저도 가끔은 이 무더위로부터 도망치고 싶다고 호소하듯 얼굴이 시뻘겋게 물들어 있었다.

그런데 깨닫고 보니, 오후의 끈적끈적한 공기 속을 걷는 데에서 나름대로의 수확을 얻었다. 걷고 있는 동안, 도시에 대한 막연한 반감의 원인이 어렴풋이 떠올랐기 때문이다.

그것은 경관의 문제였다.

이 도시에는 일본인뿐만 아니라 전 세계에서 연중 많은 관광객이 찾아왔다. 외국인을 발견하면 "가이진이다, 할로—, 할로—"를 연발하지 않고는 못 배기는 얼빠진 학생들이 수학여행을 오는가 하면, 쇼트팬츠에 화려한 티셔츠를 입은 뚱뚱한 미국인도 온다. 삼각대로 최신형 카메라를 세워놓고 몇 시간이 걸리건 무던히 **교토다운** 사진을 찍으려는 일본인 아저씨도 눈에 띄는가 하면, 낮에는 구경을 다니고 밤에는 게아게(蹴上) 근방의 러브호텔 신세를 지는 젊은 커플도 있었다. 참으로 각양각색의 사람들이 각양각색의 무언가를 얻고자 교토를 찾아왔다. 그리고 **각각의** 절이며 신사, 옛날 그대로의 모습이 남아 있는 건물이며 풍경 등, 도시에는 수학여행을 온 학생이나 세계의 여행자, 쬐끔 밝히는 연인, 어느 누구에게나 사랑받을 만한 매력은 있었다.

그러나 도시를 전체적으로 봤을 때, 실로 경관의 카오스라고나 할 곳이었다. 전신주의 밀림(密林)은 미국 서부 개척 시대의 시골 마을을 연상시켰다. 어느 거리를 봐도, 건물 사이의 균형이 전혀 맞지 않는다. 유서 깊은 골동품 가게 오른쪽에는 파친코 가게, 왼쪽에는 가라오케가 붙어 있기도 했다. 높이가 다른 목조 가옥이나 철제 빌딩, 콘크리트 맨션 같은 각종 잡다한 건축물들이 태연히 늘어서 있었다. 내 눈에 도시는 때때로 그로테스크하게조차 보였다. 하물며 장대하고 아름다운 홋카이도의 풍경에 비하면, 더

더욱 그렇게 느껴졌다.

혼잡한 장소를 싫어하는 건 아니다. 오히려 혼잡한 걸 좋아한다. 하지만 거기엔 활기라는 게 있어야 한다. 그런데 9월의 한낮, 교토에는 활기라는 것이 너무나도 없어 보였다. 1200년의 역사는 정체되어 있었다.

스티비는 **그런 건 아무래도 상관없어** 하는 낯으로 나를 맞았다. 여름의 무더위에 상당히 지친 듯, 조금 야윈 것 같았다. 에어컨도 선풍기도 없는 남의 방에 홀로 내팽개쳐진 것에 화가 났는지, 녀석은 부루퉁한 표정을 짓고 있는 것처럼 보였다. 친구는 이와는 대조적으로, 안심한 기색을 감추지 않았다.

"내는 동물을 좋아하지만도 이래 좁은 데서 토끼를 키운다는 거 참말로 못할 짓이다. 집주인한테 몇 번이고 들킬 뻔 안 했나. 진짜 힘들었구마" 하고 그는 말했다.

"미안하게 됐군, 하지만 정말 고마워. 은혜 잊지 않을게" 하면서 나는 홋카이도에서 선물로 산 티셔츠를 어색하게 그에게 건넸다. 그리고 안절부절못하는 토끼가 든 바구니를 그러안고, 친구가 불러준 택시를 타고 내 하숙집으로 돌아왔다.

학교의 수업이 시작될 때까지 하숙집에서 빈둥거리기로 했다. 방 창문을 활짝 열어젖히고 스티비에게 물과 먹이를 주고, 오랜만에 책장에서 책을 꺼냈다. 오래된 『다야마 가타이(田山花袋〔1871∼1930〕, 자연주의를 대표하는 작가—옮긴이) 전집』이었다. 무턱대고 페이지를 펼쳐, 「어느 병사의 총살」이라는 장편을 읽기로 했다.

창문 앞에 걸터앉아 오후의 태양을 등으로 느끼며, 불쌍하고 고독한 죽음을 맞이하는 젊은 병사의 이야기를 읽었다. 읽고 있는 동안, 신기한 현상이 일어났다. 책 내용과는 전혀 관계없는, 나 자신에게 생긴 미묘한 마음의 변화였다. 순문학의 세계에 차츰 빠져듦에 따라 교코의 존재는 아무런 전조도 없이 — 마치 나비가 꽃잎 위에 살포시 내려앉는 듯한 느낌으로 — 내 안에서 되살아났다.

서너 시간 만에 독서를 끝냈다. 고개를 돌려보니 저녁해는 상당히 기울어 있건만, 조금도 시원하지 않았다. 나는 일어나서 창문을 닫았다. 『다야마 가타이 전집』을 책장에 꽂아놓고 밖으로 나왔다. 어쩐지 교코의 집 언저리까지 어슬렁어슬렁 걷고 싶어졌다.

해질녘의 도시를 걷고 있자니, 서늘한 산들바람이 불어왔다. 산책 나오길 잘했다고 생각했다. 15분 정도 만에 새

이엉 지붕 문 앞을 지나는 구불구불한 언덕길이 나왔다. 그때, 기모노 차림의 여성이 나타났다. 교코의 어머니였다. 그녀를 보고도 나는 그리 놀라지 않았다. 아무래도 하숙집을 나올 때부터 이 두 여성을 만나고 싶었던 게다. 그녀의 모습을 보았을 때, 그걸 새삼 의식하지 않을 수 없었다.

"안녕하세요, 오랜만입니다."

"어머, 안녕하세요. 오랜만이군요. 수염을 길렀네요? 영 딴 사람 같아 몰라봤어요. 언제 돌아왔어요?"

그녀는 잠시 당황했지만 곧 마음을 가다듬어, 전과 다름없는 밝은 목소리로 인사를 해주었다.

"홋카이도에서 길렀습니다. 그제 돌아왔고, 오늘은 잠깐 산책하는 김에 들러볼까 생각했습니다." 긴장이 되어선지, 대학의 세미나에서 발표하는 듯한 딱딱한 어조로 설명했다.

"그럼 꼭 와주세요. 교코가 무척 기뻐하겠네요. 난 잠깐 시장을 보고 올 테니까, 어서 들어가 계세요."

이렇게 말하고 그녀는 다시 시라카와 거리 쪽으로 걸어갔다. 나는 반대로 완만한 비탈길을 오르기 시작했다. 그런데 그녀가 바로 다시 내 이름을 부르기에, 뒤돌아보았다.

"아직 저녁 식사 전이면, 같이 드시지 않겠어요? 홋카이도 이야기를 너무 듣고 싶은데."

30분 후, 우리는 두 손에 무거운 쇼핑 봉투를 들고, 새 이엉 지붕의 작은 문을 지났다.

교코는 감색 탱크톱에 짧은 스커트로 여름답게 차려입고 툇마루에 앉아 있었다. 그녀의 다리를 보는 건 처음이었다. 늘씬하고 아주 예쁜 다리였다. 거실 쪽에서 사잔의 「새벽의 문라이트」라는 곡이 흐르고 있었다. 곡의 제목은 시각에 걸맞지 않았지만, 멜로디는—마치 교코의 뒤에서 흐르기 위해 작곡되었다고 여겨질 만큼—그 자리에 잘 어우러졌다. 바람은 여전히 기분 좋게 불고 있었다. 그리고 거기에 온몸을 맡긴 듯한 자세로 앉아 있는 교코의 모습은, 더없이 상큼해 보였다. 자갈 위의 발소리를 알아듣고, 그녀는 이쪽으로 얼굴을 돌렸다.

"어머니, 누구?"

나는 두 손으로 쇼핑 봉투를 안은 채 조금 두근두근하면서 다가갔다. 그녀는 아주 조금 몸을 내 쪽으로 향했다.

"교코, 오랜만이야. 잘 있었어?"

목소리로 나라는 걸 금세 알았을 텐데도, 그녀는 잠시 아무 말도 하지 않았다. 바람에 앞으로 흘러내린 머리카락을 손끝으로 천천히 올리고, 잠시 움직이지 않았다. 내가 모르는 새로운 곡이 흐르기 시작했다.

"교토의 여름은, 가마솥 더위였어요. 시원해진 다음에야 돌아오다니, 약았어. 교토의 여름을 겪어보지 않고선, 일본을 이해 못 해요" 하고 그녀는 마치 초등학생을 꾸짖는 선생님 같은 말투로 말했다. 그러나 곧장 내 쪽으로 오른손을 내밀어, 미소 지으며 "그치만, 용서해줄게요, 잘 왔어요" 했다.

교코가 악수를 청하는 건 처음이었다. 쇼핑 봉투를 떨어뜨리지 않게 조심하면서, 그녀와 악수했다.

"일본을 이해하고도 남을 만치 여전히 더운걸" 하고 나는 웃으며 말했다.

세 사람은 작은 거실에서 저녁을 먹었다. 창밖은 완전히 어둑해져서, 마당이 전혀 보이지 않았다. **덮개를 벗긴 고타쓰** 위에는 맥주 캔 외에 다양한 요리가 차려져 있었다. 방 한쪽 구석에서 모기향 냄새가 났다. 탱크톱 위에 적갈색 카디건을 입은 교코는 무척 즐거워 보였다.

나는 그녀의 젓가락질 솜씨에 놀랐다. 젓가락 끝을 가볍게 접시 가장자리에 갖다 대어 요리의 위치를 확인하고는, 아무런 불편 없이 그걸 입으로 가져갔다. 당연하다면 당연한 이야기였으나, 감동하고 말았다.

"교코는 젓가락으로 뭐든 먹을 수 있어?"

"거의 대부분 먹을 수 있죠. 가장 어려운 건," 하고 그녀는 젓가락을 내려놓고 잠깐 생각했다. "뼈가 많은 생선이 가장 어려워요. 그리고, 게. 게는, 엄청 번잡스럽잖아요? 내 경우, 다른 사람의 세 배 정도나 시간이 걸려요. 일반 음식점에서 먹으면, 다른 손님들한테 무지 폐를 끼치게 돼요."

식사를 하면서 나는 홋카이도 이야기를 했다. 하지만 교코는 거기에 그다지 흥미를 보이지 않았다. 반대로 수염 이야기는 완전히 미지의 세계인 양, 그녀의 질문은 온통 여기에 집중되었다. 그래서 수염을 기르게 된 경위(경위라 할 만한 것까진 없었지만)를 간단히 설명했다.

어머니가 빈 접시를 들고 사라지자, 교코는 고타쓰 위에 양쪽 팔꿈치를 괴고, 상반신을 조금 내밀었다.

"난, 남자의 수염을 만져본 적이 없어요. 좀 만져봐도 될까요?" 하고 그녀는 장난기 섞인 목소리로 물었다.

"그러세요. 이번 주는 **수염을 만지는 특별 무료 체험 코스**를 실시하고 있사오니, 사양 마시고 마음껏 만져봐주세요" 하고, 바겐세일을 선전하는 슈퍼마켓의 안내 방송을 흉내내어 말했다.

“여전히 이상한 말만 하네요” 하고 그녀는 미소 지으며 말했다. 그리고 목을 조금 갸웃하고 나서, 손을 뻗어 머뭇머뭇 내 얼굴을 더듬었다.

“미안해요. 난, 예전부터 호기심 덩어리란 말을 들었거든요.”

“좀더 이쪽인걸.”

나는 그녀의 손을 잡아, 수염에 살짝 갖다 댔다. 그녀는 손등으로 쓰다듬듯이 수염을 만졌다. 미간을 모으고 약간 고개 숙인 자세로, 수염의 감촉에 상당히 집중하고 있는 것 같았다. 그녀의 그런 진지한 표정을 보고, 나도 모르게 웃고 말았다.

“움직이지 말아요.” 그녀는 손으로 내 턱을 가볍게 잡고 머리의 움직임을 바로 했다.

그녀의 어루만지는 손길이 어느 틈엔가 미묘하게 변했다. 가느다란 손가락의 움직임이 부드러워지고, 눈을 반쯤 감은 그녀의 얼굴은 내 얼굴 바로 가까이에 와 있었다. 나는 적이 흔들렸다. 여성의 얼굴이 내 얼굴 가까이 오면 어김없이 흔들리고 만다. 그녀의 도톰하고 예쁜 입술은 너무나도 가까웠다. 그녀는 아무 말도 하지 않았고, 나 역시 말이 없었다. 그러고 보니 그녀의 손놀림도 멈춰 있었다.

시간의 흐름은 순간 멈추었다.

그 한순간의 틈을 타, 거의 무의식적으로 그녀의 입에 살짝 키스했다. 그녀는 자신의 손을 내 얼굴에서 떼지 않았다. 그것은 단지 입술을 가볍게 맞부딪쳤을 뿐인 키스로, 한순간에 불과했다. 스스로도 믿어지지 않았다. 하지만 내 입술에는 매우 확실한 감촉이 남았고, 그녀와 짧은 키스를 나눈 사실을 의심할 여지는 없었다.

그녀는 내 입에서 5센티미터 정도 떨어졌다.

"이것도 무료 체험 코스에 들어 있나요?" 하고 그녀는 미소 지으며 물었다. 그녀의 숨은 따스하고, 약간 맥주 거품 냄새가 났다.

무슨 재미있는 대답을 하려 했으나, 말이 제대로 나오지 않았다. 그때, 부엌에서 돌아오는 어머니의 발소리가 났다.

"여긴, 이상하게 조용하네. 자, 디저트는 수박이에요" 하고 그녀는 말했다. 그녀의 탁 트인 목소리를 들으니, 키스한 것이 더더욱 비현실적으로 느껴졌다.

수박을 먹는 교코는 마치 아무 일 없었다는 듯이 보였다. 나는 마음이 정리되지 않은 채, 그저 묵묵히 수박을 먹는 데에 전념했다. 수박을 전부 먹고 나자, 어머니는 그 껍

질을 접시 하나에 모아, 다시 부엌으로 가져갔다.

거듭 단둘만이 되자, 교코는 손을 더듬어 테이프 레코더의 재생 버튼을 눌렀다. 내가 모르는 사잔의 노래가 흘렀다. 그리고 그녀는 카디건 주머니에서 고무 밴드를 꺼내, 테이프에 맞춰 노래하면서 머리를 뒤로 묶었다. 아주 좋은 목소리였다.

한 번 더 키스를 하고 싶다고 생각했다. 아까의 키스는 대체 무엇이었던가. 참으로 묘했다. 한 번 더 키스를 하면, 분명 뭔가 귀중한 힌트를 얻을 수 있을 것 같은 느낌이었다. 하지만 실현될 수 있을 것 같은 분위기는 아니었다.

"꽤 좋은 목소리인데, 교코. 항상 이렇게 노래하나?" 하고 키스는 단념하고 물었다.

그녀는 끄덕였다. "전에는 도쿄의 점역 서클 친구들과 자주 가라오케에 갔었어요. 화면이 안 보이니까 가사를 통째로 암기하는 수밖에 없지만. 그래도 난 제법 재능이 있다고 스스로도 생각해요" 하고 자신있게 말했다.

"그렇군." 나는 잠시 생각했다.

"기야마치 쪽에 친구와 가끔 가는 가게가 있는데, 요담에 나랑 같이 가보겠어?" 하고 예의 〈비틀스〉 가게를 떠올리고 권해보았다. "좋아요. 꼭 가고 싶어요" 하고 그녀는 기쁜 듯이 말했다.

교코의 집을 뒤로하고, 올 때와 똑같은 길을 천천히 반대로 걸었다. 하숙집에 도착했을 때, 목욕탕은 이미 닫혀 있었지만, 그건 아무래도 상관없었다.

그후로도 9월은 이상하게 더웠다. 이삼 일 지나자, 하숙집의 다른 학생들이 하나씩 돌아와 북적거렸다. 그리고 눈 깜짝할 사이에 지저분해졌다. 1층 방에 사는 학생은 여름 방학 때 중국에 갔다 왔다고 이야기했다. 그는 그해 가을, 거의 매일 방 앞의 유리문을 반쯤 열어놓고, 참으로 부지런히, 자신있는 중국어 발음 연습에 열중했다.

여름 방학 동안, 내 아랫방에 사는 Y군에게 그녀가 생겼다. 그 여자 친구의 얼굴을 볼 기회는 한 번도 건지지 못했지만, 그녀는 거의 매일 그의 방에 놀러 왔다. 밤이면 얇은 마룻장을 통해 두 사람의 대화가 때때로 들려왔다. 그런데 조금 시간이 지나면 그런 대화도 단번에 뜸해지고, 그 대신 헐떡이는 듯한 수상쩍은 소리가 들려오곤 했다. 이런저런 사람이 있고, 제각기 여름 방학 보내는 다양한 방식을 지닌 셈이다.

옆 건물은 허름한 **창고**였는데, 거기에 사는 학생도 돌아오니, 그 2층의 비좁은 방은 또다시 꾀죄죄한 남학생들의 소굴이 되었다. 아무래도 그들의 인생에서 유일한 취미는 밤새워 하는 마작인 모양이었다. 다양한 사고방식과 삶의 방식이 있는 게 마땅하다 생각하지만, 개인적으로 말하자면, 남자끼리 좁아터진 다다미방에 모여 담배를 뻑뻑 빨아대며 마작에 정신을 파는 녀석들보다도, 아랫방에서 살금살금, 정체 모를 그녀와 친밀한 관계를 쌓아가는 Y군에게 호감이 갔다.

나는 아침 일찍 일어나, 세수를 하고 외출했다.

산조 길과 히가시오지(東大路) 길 모퉁이의 미스터 도넛에 들어가, 커피와 오렌지주스, 그리고 트위스트 한 개, 허니딥 두 개와 슈거레즈도 한 개를 주문했다. 주문을 일본어로 말해도, 카운터 안의 여자애는 매뉴얼 그대로의 영어로 "츠―테―크 아우토, 오아 츠―이―토 히아―?" 하고 되물었다. 나는 조금 불끈 치밀어, "가게에서 먹습니다" 했다.

아침을 먹으며 수첩을 들여다보았다. 여름 방학이 끝나면 몇 가지 중요한 발표를 해야 했다. 수첩에는 지렁이가 기어가는 글씨로 다음과 같이 적혀 있었다.

「중국현대문학개설」 라오서(老舍)의 단편소설에 있어

서 아메리카 찬미주의에 대해……

「특강 4」『동트기 전(夜明ゖ前) 제1부』「초출고(初出稿)」「정본판」「개판본」사이의 교이(校異)에 대해……

「세미나」『불여귀(不如歸)』, 다케오(武男)와 나미코(浪子)의 비극의 필연성에 대해……

느닷없이 현실 세계로 끌려나와, 머리가 다소 혼란스러워졌다. 나는 황급히 수첩을 덮었다. 컵 바닥에 남은 커피는 여름 빙하에 뜬 물웅덩이처럼 식어 있었다. 수첩을 주머니에 집어넣고 가게를 나왔다.

아침 공기는 여전히 이상하게 무더웠다. "교토가 시원해졌다"는 교코의 말을 떠올리고, 갑자기 그녀를 만나고 싶어졌다. 그러나 구로타니의 집에 갈 이유가 특별히 없었기 때문에, 바이크를 타고 학교로 향했다.

학교에서는 학생들 모습이 보이지 않았고, 캠퍼스는 시즌오프의 야구장처럼 휑뎅그렁했다. 볼록섬에도 인기척이 없어, 곧바로 연구실로 향했다. 건물의 맨 위층에 있는 연구실에는 커다란 사각 테이블이 하나 있을 뿐, 나머지는 책장이 차지했다. 테이블 북쪽의 큼직한 창문을 열어젖히자, 시원한 바람이 들어왔다.

우선 안쪽의 근현대 문학 서가로 가서, 도쿠토미 로카

(德富蘆花〔1868~1927〕, 소설가―옮긴이)의 『불여귀』를 찾아 왔다. 이와나미(岩波) 문고의 얄팍한 책은 호감이 갔다. 사흘 만에 얼추 읽어낼 수 있을 것 같은 느낌이었다. 그런데 처음 몇 줄을 읽고 약간 충격을 받았다. 참으로 어려운 문체였다. 나는 깊은 한숨을 내쉬었다.

창문으로 보이는 드넓은 하늘은 정신이 아득해질 만큼 푸르고, 청명했다. 그 저편에 칠흑의 우주가 무한히 펼쳐져 있다는 게 믿기지 않을 정도였다. 한 번 더 수첩을 펼쳐, 발표까지의 날짜를 확인해보았다. 아직 3주일가량 남았다. 조바심낼 것 없어. 안심하고 다시 바깥을 보았다.

우주가 새까만데도 하늘이 푸르게 보이는 건 어째서일까 하고 문득 생각했다. 그런 초보적인 설명은 틀림없이 초등학교 수업에서 제대로 다루어졌으련만, 초등학교 때부터 바깥만 내다보고 있었으니 흘려들은 게 분명하다. 인생에는 이처럼 결정적인 어긋남이 존재하는 법이다.

그날은 결국, 하는 일 없이 지나고 말았다.

역시 교코를 무지무지 만나고 싶었다. 그 기분은 나의 집중력을 완전히 흩뜨려놓았다. 저녁 무렵, 하숙으로 돌아와 그녀에게 전화를 걸어보았다. 그런데 전화를 받은 건 교코가 아니라, 그녀의 어머니였다.

"교코는 시내에 나가, 9시 이후에나 돌아온다고 하더군요." 그녀의 목소리에는 여느 때처럼 밝고 어딘지 모르게 활기찬 울림이 있었다. 그러나 교코가 없다는 사실에 나는 실망하고 말았다.

"돌아오면 바로 전화하라고 할까요?" 잠시 입을 다물고 있었더니, 어머니는 다소 의아한 듯이 물었다.

"아, 부탁드립니다." 나는 당황하며 이렇게 말했다.

전화를 끊고 나자, 놀랍도록 공복감이 밀려오는 걸 느꼈다. 그러고 보니, 아침의 도넛 말고는 하루 종일 아무것도 먹지 못했다. 그러나 교코한테서 걸려 올 전화가 신경 쓰여, 외출하기 전에 자동 응답기의 메시지를 바꾸기로 했다. 그녀의 전화를 고려해서 자넷 케이의 「러빙 유」라는 곡을 깔고, "오늘 저녁 식사는 **된장 짬뽕**과 만두로 하려고 합니다. 한 시간 후면 돌아올 테니, 참을성 있게 한 번 더 전화해주세요"라는, 무척 간단한 메시지를 남기고 식사하러 나갔다.

하숙 근처에 삼보반점이라는 작은 중화 요리 식당이 있어, 거기서 자주 식사를 했다. 새우 칠리소스나 마파두부, 탕수육 등, 일본에서 일반적으로 나오는 극히 평범한 중화 요리 외에, 삼보반점에서는 된장 짬뽕이라는 다소 진기한 음식을 내고 있었다. 굵직한 짬뽕면을 사용하고, 평범한 된장 라면 스프를 풀어 야채며 잔새우, 오징어 등을 듬뿍 얹은 것이었다.

된장 짬뽕 곱배기와 만두와 생맥주. 그다지 건강식이라고는 할 수 없지만, 내가 좋아하는 메뉴였다. 델 만치 뜨거울 때 짬뽕을 후루룩 먹고, 맥주를 벌컥벌컥 목구멍에 흘려넣으면, 언제나 행복한 방심(放心) 상태가 되었다.

가게 안쪽에는 〈전후(戰後) 일본의 경제 성장의 발자취·초기의 전기 제품〉이라는 라벨을 붙이고 싶어지는, 참으로 오래되고 먼지와 기름에 찌든 거대한 냉난방 기기가 있고, 그 위에 빨간색 작은 텔레비전이 놓여 있었다. 된장 짬뽕에 젓가락을 갖다 댔을 때, 작은 화면 속에서 버라이어티 프로그램이 진행 중이었다. 된장 짬뽕을 먹으면서 그걸 보았다.

대부분의 유학생과 마찬가지로, 나에게 텔레비전은 일본어 학습을 위한 귀중한 교재 중 하나였다. 수험 공부 삼아 나는 밤 뉴스 프로그램을 자주 보았는데, 앵커의 빠른 말을 대강 알아듣기까지 2년 남짓 걸렸다.

선명하지 못한 화면 속에서 유명 연예인이 여느 때처럼 신경질적으로 머리를 좌우로 움직여가며 뚝뚝 목뼈 소리를 냈다. 그 몸짓은 오래전 스리랑카의 깊은 정글에서 본 잉꼬의 구애 행동과 닮았다. 그가 다시 조크를 던진 듯, 스튜디오의 관객도, 가게 손님도 폭소를 터뜨렸다.

하숙집으로 돌아오니, 자동 응답기의 램프가 신나게 점멸하고 있었다. 조금 두근두근하면서 재생 버튼을 눌렀다.

교코의 메시지였다.

"여보세요, 교코입니다. 된장 짬뽕은 처음 들어보네요. 그런 게, 정말 있나요? 요담에, 데려가줘요. 그리고, 오늘은 늦게까지 안 자고 있을 테니, 괜찮다면 전화해주세요."

메시지가 끝나자, 나는 교코의 번호를 눌렀다. 그녀는 바로 전화를 받았다. "된장 짬뽕이란 거 진짜 있어. 내가 방금 실제로 먹고 왔는걸."

"우와, 정말 있나 봐." 그녀는 감동한 듯이 말했다.

"그보다도 교코는 이렇게 늦은 시간까지 어디서 놀다 온 거지?"

"데라마치(寺町) 쪽에서 친구들과 조금 마셨어요." 그녀의 목소리는 여느 때와 다른 억양이었고, 다소 말하는 게 힘든 기색이었다.

"교코도, 술을 마시나?" 나는 깜짝 놀라 물었다.

"안 되나요?" 그녀는 토라진 듯한 목소리로 되물었다.

“아니, 그렇진 않아.”

“아무튼, 난, 아직 상당히 취했으니까, 너무 어려운 이야긴 하지 말아요.”

술 취한 그녀의 모습을 상상해보았지만, 쉽게 떠오르지 않았다.

“괜찮아. 나도 된장 짬뽕과 맥주로 머리가 멍해 있으니까, 어려운 이야기 따윈 하지 않아.”

5초쯤 침묵이 이어졌다.

“실은, 요전에 이야기한 가라오케에 교코를 데려가고 싶은데, 요담에 같이 가겠어?” 하고 나는 말했다.

“좋아요. 물론 가고 싶어요.”

그녀의 목소리는 정말로 기뻐하는 것 같았다.

“그럼, 언제로 할까?”

“오늘은 좀 너무 마셨으니까, 내일은 쉬는 게 좋겠어요. 금요일은 어때요?”

“좋아. 난 아직 아르바이트를 시작하지 않아서 엄청 한가해. 언제라도 좋아.”

“그럼 금요일로 해요. 그런데, 난, 장소를 모르니까 마중을 나와줄래요?”

“알았어. 금요일 6시에 마중 갈 테니, 그때까지 술기운을 말끔히 씻고, 몸조리 잘해.”

“문제없어요. 이틀 지나면 말짱해요.”

나는 미소 지었다.

“그럼, 안심이야. 기대되는걸. 잘 자.” 좀더 이야기하고 싶었지만, 별로 이야기할 것도 떠오르지 않아, 전화를 끊으려 했다.

“…….” 교코는 잠자코 있었다.

“응? 왜 그래?”

“아녜요. 아무것도 아녜요, ……잘 자요.”

그녀가 나직이 이렇게 말하는 걸 듣고, 나는 한 번 더 마음의 미소에 흥건히 취해, 수화기를 조용히 내려놓았다.

약속한 금요일에는 아침부터 가랑비가 내렸다 그쳤다 하면서 불안정한 날씨가 계속되고 있었다. 그러나 비 덕분에 겨우 얼마간 시원해졌다. 약속 시간에 큰 우산을 쓰고 교코의 집 앞에 서 있었다. 현관에 나타난 그녀는 유학생 라운지에서 처음 봤을 때와 마찬가지로, 자주색 헤어밴드로 머리를 뒤로 묶고 있었다. 가느다란 목덜미와 잘생긴 귀가 훤히 드러나는 그 머리 모양은 그녀에게 썩 잘 어울렸다. 그녀는 두 귀에 작은 금 귀걸이를 달고, 청바지를 입고 있었다. 만화에 나올 법한 커다란 개구리가 붙은 하얀 티셔츠 위에 연자줏빛 얇은 카디건을 입고, 또한 그 위에 고급스러운 금빛 체인 목걸이를 하고 있었다.

"나, 모습이 이상해요?" 하고 그녀는 조금 불안한 듯 물었다.

"아니. 아주 멋진데."

"색깔을 알 수 없으니, 옷 고르기가 엄청 힘들어요."

"그야 그렇겠지만, 아무튼, 무척 잘 어울리는걸." 금빛과 자주색은 정말로 멋진 배합이라 여겨져, 그녀의 옷차림을 한 번 더 칭찬했다.

전등을 켜지 않아선지, 집 안은 어쩐지 썰렁해 보였다.

"어머니는 안 계시나?"

"안 계세요. 오늘부터 이삼 일, 도쿄의 친척집에 가셨어요. 오늘은 정해진 귀가 시간이 없으니, 기쁘잖아요" 하고 그녀는 문이 닫힌 걸 확인하면서 말했다. 확실히, 일반적으로 귀가 시간이 없다는 건 기쁜 소식이다. 잠시 그쳤던 비가 다시 후드득 내리기 시작했다. 나는 교코의 팔을 가볍게 잡아, 우산 속으로 이끌었다.

우리는 산조카와라초(三條河原町)에서 버스를 내려, 다카세가와를 따라 남쪽으로 향했다. 교코는 여느 때처럼 내 팔꿈치를 가볍게 붙잡고, 비끼듯 뒤에서 걷고 있었다. 스쳐 지나는 사람들은 모두 뒤돌아서서, 신기한 듯 노려 보았다.

이윽고 가와라초 거리로 이어지는 골목에 들어서자, 거기에 〈또 와요〉라는 오코노미야키 가게가 있었다. 가게 안은 정신없이 붐비고, 오코노미야키와 담배 연기로 안쪽이 안 보일 정도였다. 일하는 여자에게 손가락을 두 개 내밀어, "두 사람입니다" 하고 알렸다. 그녀는 안쪽으로 안내해주었다.

나는 생맥주를 큰 잔으로 두 잔 주문했다. 맥주와 함께 메뉴를 건네받았다.

"자아, 맥주가 왔으니, 건배해" 하며, 큰 잔 하나를 교코의 손이 닿는 위치까지 밀어주었다. 그녀는 손을 더듬어 손잡이를 찾아, 묵직하니 들어올렸다.

"뭐라고 건배해요?"

"글쎄, '세계의 평화를 위해'라는 건 평범하지만, 일단 세계의 평화를 위해 건배하지." 나는 내 잔을 교코의 잔에 가볍게 부딪쳤다.

"세계의 평화를 위해 건배!"

오랜 시간을 들여, 첫 한 모금 맥주를 마셨다. 그리고 입 언저리에 묻은 거품을 거의 동시에 손등으로 닦았다. 그것이 끝나자, 네기야키와 새우 오코노미야키를 주문했다. 철판 카운터 안의 남자는 기름을 새로 두르고, 작은 주걱 두 개를 능숙하게 놀리면서 요리를 만들기 시작했다.

"난, 한 번쯤 오코노미야키 가게에서 아르바이트를 해보고 싶다고 전부터 생각해왔어. 어쩐지 이렇게 사람들 앞에서 솜씨 좋게, 묵묵히 요리를 만드는 거, 꽤 기분 좋을 거야" 하고 교코 쪽으로 약간 몸을 기울이며 말했다.

카디건 밑으로 그녀의 어깨 감촉이 전해져왔다. 그녀는 나를 가볍게 밀어냈다.

"요리를 할 줄 알아요?"

나는 맥주를 한 모금 마셨다.

"요리만큼은, 얕잡아 보면 안 되는 기라."

"우째서?" 교코는 나의 시답잖은 간사이 말투를 흉내내어 말했다.

"난 말야, 고교 시절에 해마다, 여름 방학 아르바이트로 남(南)프랑스의 작은 오베르주에서 요리를 만들었제."

"오베르주, 그게 뭐―데?" 교코는 돌연 요코하마(橫浜)의 여고생 같은 말로 바꾸었다.

"뭐, 일종의 요정 비슷한 거야. 매년 두 달 남짓 거기서 아르바이트를 하면서, 무시 못 할 정도로 요리를 배웠지. 요리란 정말이지 멋지고, 진짜 쓸모 있는 거야. 만국 공통 이잖아? 그러니까 어디서든 할 수 있는 일이지. 배로 세계 를 일주했을 때도, 역시 키친에서 일했어."

"배로 세계를 일주했어요?" 교코는 깜짝 놀란 듯 물 었다.

"그럼. 산이 많은 나라의 국민이다 보니, 한 번쯤 세계 의 바다를 보고 싶었어. 그래서 남프랑스의 가게에서 알게 된 선장의 권유로, 1년간 배 위에서 일했지. 일본을 처음 방문한 것도 그때였고."

교코는 다소 감동한 듯이 "우와, 그랬어요?" 하고 간결 한 감상을 말했다.

철판 카운터 안의 남자는 주걱으로 네기야키와 오코노 미야키를 우리 앞에 미끄러뜨렸다.

"자아, 먹자" 하고, 나는 주걱으로 오코노미야키를 작게 잘랐다. 교코는 나무젓가락을 갈라, 요전의 저녁 식사 때 처럼 능숙하게 그걸 입으로 가져갔다. 몇 번을 봐도, 그녀 의 젓가락질은 마치 일종의 곡예처럼 보였다.

"그럼, 요담에 뭔가 맛있는 걸 만들어줄 거예요?"

"그렇군. 생각해보니, 교토에 온 뒤로 별로 요리를 만들지 못했어. 돈이 없는 탓도 있지만, 재료도 거의 눈에 띄지 않고, 지금 하숙집의 취사장은 요리를 만들 만한 장소가 못 돼. 그런 데서 요리를 만들었다간, 식중독에 걸릴 게 뻔해."

"그래요?" 교코는 조금 심드렁한 표정이 되었다. 하지만 다음 순간, 활짝 미소 지어 보였다. "그럼, 우리 집에 와서 만들면 되잖아요? 우리 집 부엌은 아주 청결해요" 하고 그녀는 건설적인 제안을 했다.

둘 다 신나게 먹고 신나게 마셔댄 탓에, 오코노미야키도 맥주도 눈 깜짝할 사이에 없어졌다. 큰 맥주잔 표면의 차가운 물방울이 천천히 아래로 흘러내렸다.

가게를 나올 때, 비는 그쳐 있었다. 〈또 와요〉 맞은편에는 〈엿보기 · 핑크〉라고 적힌 커다란 네온사인이 반짝이고 있었다. 턱시도 차림으로 가게 앞에 서서 손님을 끄는 중년 사내는, 우리를 께름칙하게 보더니, 고개를 휙 돌리고 말았다. 아무래도 이 도시의 사람들에게 우리는 기묘하게 비치고 있는 모양이다. 혼자 있을 때에는 사람들의 그런 노골적인 시선을 불쾌하게 느낀 적이 많았는데, 교코와 함께 있으니 왠지 그리 신경 쓰이지 않았다.

우리는 〈비틀스〉에 당도했다. 나무문을 밀고 들어갔을

때, 지배인은 카운터 안에서 칵테일을 만들고 있었다. 그는 우리를 전혀 알아채지 못했지만, 카운터에 앉아 있던 손님 네 사람이 일제히 시선을 우리 쪽으로 향했다. 순간 이 자리에서 도망치고 싶은 강한 충동에 사로잡혔다. 그러나 가게가 이상하게 조용해진 걸 깨달은 지배인이 그제야 얼굴을 들었다.

"아이쿠, 미안 미안, 어서 오세요." 그는 당황하며 우리를 안으로 손짓해 맞았다.

벽 옆 빈자리에 걸터앉았다. 내가 교코의 물수건을 먼저 받아들어 그녀에게 건네는 걸 보고, 지배인은 비로소 그녀가 앞을 못 본다는 걸 알아챘다. 잠시, 어색한 기운이 맴돌았는데, 나는 놓치지 않고 애써 밝은 목소리로 "마스터, 소개할게요. 이쪽은 친구 교코입니다" 하고 그녀를 소개했다. 그러자 지배인은 여느 때의 부드러운 표정으로 돌아와 머리를 숙였다.

"처음 뵙겠습니다. 우에하라입니다, 잘 부탁합니다."

잭 다니엘의 온 더 록을 두 잔 주문해, 한 번 더 건배했다.

"약간 점잖은 노선으로 갈게" 하고 잠시 후 나는 마이크를 잡고, 교코의 귀에 대고 속삭였다.

「잠자리」를 노래하기 시작했을 때, 다른 손님들이 다들 갑작스레 잠잠해지며 신기한 듯 나를 바라보았다. 그들이 지배인으로부터 나에 대한 정보 수집을 시작하는 광경이 언뜻 눈에 들어왔지만, 그대로 계속 노래했다. 교코는 버번을 한 모금 마시고, 머리를 기울여 내 노래를 들었다. 나는 잠시 그녀의 귀를 바라보며 노래했다. 아주 잘생긴 귀였다. 그 귀에 무언가 호소하고 싶다는 강한 욕구 비슷한 걸 느꼈다. 그리고 그 정체를 알 수 없는 채로, 그녀의 귀를 바라보며 노래를 계속했다.

노래가 끝나자, 큰 박수가 일었다. 거창할 정도의 박수였다. 한 자리 건너 앉은 사내는 높은 의자에서 몸을 내밀어, 내 어깨를 두드렸다. "당신, 억수로 잘하구마."

"마스터 덕분입니다. 늘 여기서 연습하게 해주었으니까요" 하고 설명했으나, 그는 이 말은 귀담아 듣지 않았다. 다른 손님 쪽을 돌아보며, 그는 혼자 줄창 떠들었다.

"진짜로 잘하구마. 가이진이 이렇게 잘하는 거는 들어본 적 없다 아이가. 일본도 참말 변했어!"

이걸 계기로, 그들은 일본의 국제화를 둘러싸고, 잘 알아들을 수 없는 논의를 시작했다. 그러나 그것도 잠시, 다음 곡이 흘러나오자, 나를 칭찬해준 사내는 허둥지둥 마이크를 찾아, 내가 모르는 엔카(演歌)를 정신없이 노래하기 시작했다. (애당초 나는 엔카를 싫어하니까, **알고 있다고** 할 정도의 엔카는 하나도 없는 셈이지만.)

조금 남은 버번을 다 마시고, 지배인에게 한 잔 더 주문했다. 교코는 카운터 위에 턱을 괴고, 꾸벅꾸벅 조는 것 같았다.

"교코, 괜찮아? 취한 거야?" 염려스러워 그녀의 팔을 만졌다.

"나 같은 건 이제, 완전히 잊어버렸나 했어요." 그녀는 토라진 듯한, 응석부리는 듯한 목소리로 말했다. 내가 대답하려 하자, 그녀는 "그치만 정말 잘하던걸요. 난, 조금 감동했어요" 하며, 자신의 오른손 위에 얹고 있던 머리를 내 어깨에 가볍게 부딪쳐왔다.

"고마워." 그녀의 머리 무게를 잠깐 느꼈지만, 그것은 무척 기분 좋은 무게였다. 좀더 정확히 말하자면, 교코라는 인간에게 딱 알맞은 머리 무게였다. 가벼운 향수에 섞여 오코노미야키 냄새가 풍겼다.

엔카도 그럭저럭 끝나고 말았는데, 박수는 거의 없었다.

"자아, 교코짱 오래 기다렸습니다. 마이크는 이쪽이에요." 지배인은 이렇게 말하며 교코에게 마이크를 쥐어주었다. 이와 동시에 새로운 곡이 시작되었다.

교코가 노래하기 시작했을 때, 유리잔을 닦고 있던 지배인은 경직된 채 입을 반쯤 벌리고, 그녀를 지켜보았다. 다른 손님들도 죄다 움직임을 멈추고, 그녀를 멍하니 바라보았다. 눈을 살짝 감은 채, 머뭇거리거나 우쭐대지 않고 노래하는 교코의 모습은 비현실적일 만큼 아름답고, 신비로웠다.

금빛 체인 목걸이 아래, 봉긋한 젖가슴이 그녀의 호흡에 맞춰 천천히 움직였다. 나도 숨죽인 채 그녀의 모습을 넋 놓고 바라보았다. 노래가 끝나도, 누구 하나 움직이지 않았다. 형용하기 힘든 침묵이 모든 사람들 위에 내려앉았다. 만약 그때 새로운 손님이 들어왔다면, 분명 가라오케 가게라고는 생각하지 못했을 정도의 침묵이었다.

교코는 마침내 손을 더듬어 마이크를 카운터 위에 놓았다. 스피커에서 "콩" 하는 금속성 소리가 났다. 그 소리를 계기로 그제야 커다란 박수가 일었다. 거침없이 노래하던 때와는 대조적으로, 교코는 민망한 듯한 쑥스러운 듯한, 아주 재미있는 표정으로 바뀌었다.

박수가 그치자, 뚱뚱한 아저씨 한 사람이 큰 소리로 지배인에게 물 탄 위스키 한 잔을 더 부탁했다. "마스터, 술 좀 더 주소. 오늘은 뭐랄까, 노래가 워낙 좋아서 당최 술이 안 취하는 기라" 하고 그는 말했다.

사무원으로 보이는 두 여성도 잔을 내밀며, "마스터, 여기도 주세요" 하고 동시에 말했다. 그리고 그들은 더 이상 우리를 거들떠보지 않고, 다시 그들만의 대화 세계로 돌아갔다.

잠시, 비틀스 음악이 조용히 흘렀다. 나는 교코의 팔을 가볍게 잡았다.

"감동한 건 나야, 교코짱" 하고 나는 흥분해서 말했다. 교코는 팔을 잡힌 채로, 기쁜 듯이 미소 지었다.

"어떻게 그런 어려운 노래 가사를 전부 외울 수 있지?"

"그런 것쯤, 간단해요. 한 번 들으면, 난, 노래는 대개 머리에 남는걸요" 하고 너무나 간단하게 말했다.

"그런가."

그녀는 버번을 마시려 했지만, 잔이 비어 있었다. 작아진 얼음 덩어리만이 그녀의 입술 위로 굴렀다. 나는 비틀스의 「안나」를 배경으로, 유리잔과 얼음이 서로 부딪치는 그 은은한 소리가 무척 마음에 들었다.

"어머, 벌써 비었네." 입술을 얼음에 댄 채 그녀가 말했다.

“새로 하나 만들어드릴까요?” 지배인이 금방 눈치채고 물었다.

“주세요.” 교코는 아까의 여사무원을 흉내내어 말했다.

분명 「안나」가 흐르는 도중이었다. 나와 교코는 뭔가 얘기를 나누고 있었다. 아마도 비틀스 이야기였다고 생각되는데, 그건 그다지 중요하지 않다. 이야기하면서 우리의 손이 무심결에 살짝 맞닿았다. 나는 순간 내 손을 빼내려 했으나, 교코는 천천히 자신의 손가락을 내 손가락 사이로 끼워 넣었다. 그리고 이야기하는 내내 그대로 두었다. 가끔 내 손을 어루만지듯 손가락 끝을 가만히 움직일 뿐이었다.

음악도 사람들의 대화도 잔이 맞부딪는 소리도, 작은 가게 안의 온갖 소리와 이를 둘러싼 현실이 무뎌지고, 안개로 변했다. 그것이 얼마나 계속되었는지 알 수 없지만, 정신이 들자, 옆 자리 손님이 지배인에게 돈을 치르고 있었다. 가게를 나갈 때, 뚱뚱한 엔카 아저씨가 나를 힐끔 보더니, “도대체 **일본의 마음**은 앞으로 어디로 갈라나” 하고 의미심장한 말을 남겼다.

이 한마디에 나는 정신이 번쩍 들어, “아무 데도 안 간다, 멍청아!” 하고 나도 모르게 소리를 질렀다. 교코는 웃음을 터뜨렸다. 손에 들고 있던 잔에서 버번이 조금 흘렀다. 한 번 더 몸을 내 쪽으로 기울여, "괜찮아요. 보나마나 **쇼와(昭和) 초기 구세대** 인간일 테죠" 하고 그녀는 말했다.

우리도 가게를 나왔다. 둘 다 상당히 취해 있었다. 밤공기는 상쾌하고, 비도 당장 내릴 기미는 보이지 않아 잠시 걷기로 했다. 이번엔 교코가 아주 자연스럽게, 내게 팔짱을 끼고 나란히 걸었다. 우리는 거의 대화를 하지 않았다. 폰토초(先斗町) 거리를 빠져나와, 시조 대교(四條大橋)를 건너, 미나미자(南座) 앞을 지났다. 번화한 하나미고지(花見小路) 거리 주변을 지나, 야사카(八坂) 신사의 경내를 빠져나온 뒤, 마루야마 공원으로 들어갔다.

마루야마 공원에는 인기척이 없었다. 아름드리 거대한 벚꽃 나무는 아까의 비에 젖은 기다란 나뭇가지를 묵묵히 늘어뜨린 채, 엷은 조명을 받고 있었다. 둥근 연못가에 새우등 모양으로 걸쳐진 작은 돌다리를 건너, 좀더 위쪽으로 걸음을 옮겼다. 밤은 너무나 고요했고, 자갈길을 밟는 우리의 발소리도 그 적요 속으로 흡수되어갔다.

"지금, 어디에요?" 꽤 걸었을 즈음, 교코는 나직이 물었다.

"미안. 길 안내하는 걸 깜빡 잊었군. 지금, 마루야마 공원 깊숙이 와 있어."

발치는 약간 오르막이었다. 교코는 거기에 멈춰 섰다.

"주위에, 사람 있어요?" 하고 그녀는 내 얼굴 바로 가까이에서 속삭였다.

"별로 없어" 하고 나는 대답했다.

우리는 오래도록 키스를 나눴다.

그녀의 집에서 한 것과 같이 아주 자연스런 키스였지만, 이번엔 비교가 안 될 정도로 격렬했다. 키스하는 도중, 다시 비가 내리기 시작했다. 비도 키스 못지않게 격렬하고 거칠었다. 나는 교코의 입술에서 몇 밀리미터 떨어져서, "비가 내리는데. 우산을 쓸까?" 하고 쉰 목소리로 어이없을 만큼 상식적인 말을 했다.

"비 따윈 무시해요."

한 번 더 키스를 했다. 그녀는 내 입을 격렬하게 원했고, 나도 그녀의 입을 격렬하게 원하고 있었다. 눈 깜짝할 새 흠뻑 젖고 말았다. 교코는 파르르 떨면서 내 몸에 기대었다. 그녀의 젖은 옷 밑으로 예쁘장한 젖가슴이 내 가슴에 바싹 붙었다. 나는 단단하게 발기되어 있었다. 초가을 비를 맞으며 발기하는 것도 상당히 좋은 느낌이라고 생각했다.

나는 교코의 목덜미에 천천히 미끄러지듯 입술을 가져
가, 그녀의 귓불을 살짝 깨물었다. 내 손은 제멋대로 우리
의 몸 사이로 슬며시 들어와, 그녀의 봉긋한 가슴을 왕개
구리 티셔츠 위에서 부드럽게 감싸쥐었다. 가칠한 목소리
와 함께 따스한 숨이 내 귓전을 스쳤다. "그만, 가요" 하고
그녀는 목소리를 쥐어짜듯이 말했다.

간신히 우산을 쓰고, 지나온 길을 그대로 거꾸로 걸었
다. 양쪽으로 늘어선 등롱의 어스름 불빛에 비쳐진 좁은
길을 빠져나와, 야사카 신사 경내로 들어갔다. 밤 산책을
즐기는 몇몇 사람들을 스쳐 지났다. 그들은 우산을 쓰고서
도 옷이 들개처럼 젖어 있는 우리를 수상쩍게 바라보았다.

히가시오지 거리에서 MK택시를 잡아탔다.

운전사에게 행선지를 알릴 때 잠시 망설였지만, 결국
"구로타니까지"라고 말했다. 달리면서 운전사는 이따금
백미러에 눈길을 주며 우리를 관찰했다.

"엄청 쏟아지데. 빨리 옷을 갈아입지 않으면 감기 걸립
니데이." 마치 진단을 내리는 노(老)의사 같은 말투였다.

나와 교코는 조용한 도취와 황홀에 휩싸여 손을 맞잡고
있었다. 좌석의 커버는 젖은 옷으로 순식간에 축축해졌지
만, 그런 것쯤 아무래도 좋았다. 교토의 거리는 비현실적

인 속도로 택시 뒤편으로 사라져갔다.

교코의 집 안으로 들어가자, 그녀는 내 손을 잡고 왼쪽 방으로 안내해주었다. 거기가 그녀의 방인 모양이었다. 방 안은 깜깜했지만, 교코는 불을 켜려고 하지 않았다.

"여기서 잠깐 기다려요" 하고 그녀는 방을 나갔다.

나는 조명등 줄을 두 번 잡아당겼다. 좁은 방은 희미한 불빛에 감싸였다.

교코는 곧 커다란 타월 두 장을 그러안고 돌아왔다. 자기 집 안에 있으니 그녀는 주위의 물건에 전혀 부딪히는 일 없이, 자유로이 움직였다. 그녀는 내 곁에 앉았다. 희미한 빛 속에서, 거대한 해일에 휩싸인 듯한 그녀의 몸은 너무나도 아름답고 너무나도 유혹적이어서, 말이 쉽게 나오지 않았다.

"교코, 이러고 있다간, 감기 걸려" 하고 나는 간신히 속삭였다.

"그래서 타월을 가져온 거예요." 자신있게 말하며, 그녀는 카디건을 벗기 시작했다.

"내 몸을 닦아줄래요?" 하고 그녀는—마치 버스 승차권을 사는 듯한 당연한 투로—내게 부탁했다.

그녀는 옷을 하나씩 벗었다. 나는 타월을 손에 들고 그

녀의 머리카락부터 천천히 닦기 시작했다. 그러는 동안에
도 그녀는 여전히 옷을 벗고 있었다. 옷은 원래 그리 많이
입고 있지 않았지만, 이 작업은 영원히 계속될 것 같았다.
방 안은 한결 더워졌다. 정신을 차리니, 그녀는 태어날 때
의 그 몸으로 다다미 위에 누워 있었다. 알몸이 되어도, 그
녀는 금 목걸이와 귀걸이를 그대로 달고 있었다. 그것은
마치 그녀 몸의 일부처럼 보였다. 순간 보들레르의 「보석」
이라는 시가 머리에 떠올랐는데, 동요한 탓에 그 내용을
제대로 떠올리지 못했다.

교코의 호흡이 가빠졌다. 타월로 그녀의 몸을 닦고 있
으니, 이번엔 그녀가 내 옷에 손을 뻗었다.

"나도 닦아줄게요."

다음 순간, 우리는 힘껏 포옹했다. 그대로 다다미 위에
서 사랑을 나누었다. 교코는 처녀는 아니었다. 나는 이 사
실에 대해 놀라움과, 일종의 기쁨도 느꼈다. 그녀가 어디
서 어떤 식으로 남자와 육체관계를 가졌는지 알 도리가 없
지만, 일심불란하게 욕망을 좇아 헐떡이며, 내 머리를 자
신의 젖가슴에 살며시 갖다 대는 몸의 떨림에는 말이 필요
없는 역사가 있었다. 그녀에게 그 역사에 대해 물어보고
싶은 충동을 느꼈지만, 아무 말도 하지 않았다. 우리는 땀

투성이가 되고, 일심동체가 되었다.

모든 게 끝나자, 내 곁에 얼굴을 묻은 교코는 작게 재채기를 했다. "어머나, 감기 걸렸나 봐" 하고 그녀는 마치 아이처럼 웃었다.

"이불을 꺼내줄까?"

알몸인 채로 벽장을 열어 이불을 꺼냈다. 그걸 교코의 옆에 깔고, 그녀를 반쯤 들어올리듯이 하여 그 위에 눕혔다. 교코는 가느다란 팔을 내 목 뒤로 두른 채, 가만히 따랐다.

그녀와 나란히 누워, 손과 발을 다다미 위에 내뻗었다. 다다미는 서늘하여 기분이 좋았다. 아무 생각 없이 손끝으로 그걸 만져본다. 나의 하숙과는 달리, 흠집 하나 없는 다다미다. 나는 돌연 스티비 생각이 나서, 저도 모르게 미소 지었다.

"왜 그래요?" 교코는 두 손으로 흐트러진 머리를 베개 위에 모으며 물었다.

"교코짱, 미안한데, 스티비가 틀림없이 화났을 테니까 이만 가볼게." 이렇게 말하고는, 어질러진 내 옷을 챙기기 시작했다. 옷을 걸치고 나서, "잘 있어" 하고 속삭이며, 그녀의 턱 아래 가벼운 키스를 했다.

“스티비가, 누군데요?” 엄청 졸린 목소리였다.

“조만간 소개할게.”

작은 집을 나오자, 아침결이었다. 히가시야마 위에 걸쳐진 구름 사이로 어슴푸레한 빛이 비쳤다. 젖은 옷이 몸에 찰싹 달라붙었지만, 그건 아무래도 좋았다. 이른 아침의 공기는 청명하고, 많은 가능성을 품고 있었다. 걸으면서 어제저녁부터의 일을 하나하나 순서대로 떠올려보았다. 참으로 신기한 밤이었다.

히가시야마의 능선을 바라보며 그런 생각에 잠겨, 천천히 하숙집까지 걸었다.

9월 중순을 지나자, 도시의 공기는 차츰 가을다워졌다. 주춤거리며 다가오는 가을과 더불어 대학도 확실히 분주해졌다. 그래서 공부의 부담을 조금이라도 줄일 겸, 교코에게 「불여귀」를 낭독해주었다.

거의 끝부분에서 다케오와 나미코가 두 번 다시 합쳐질 수 없다는 게 분명해지자, 교코는 다짜고짜 낭독을 가로막았다.

“짜증 나, 이 남자.”

“왜 그래?” 깜짝 놀라 책에서 얼굴을 들었다.

"글쎄, 남자가 전혀 여자를 지키려 하지 않잖아요. 사회와 맞서고 자기 어머니와 맞서서 ― 뭐라 말하면 좋을까? ― 도통 반항하지 않아요. 한심하다는 생각 안 들어요? 세상 사람들이 뭐라건 어떻게 생각하건, 여자를 버리면 안 된다고 생각해요. 비겁해요." 그녀는 정말로 화난 모양이었다. 나는 미소 지었다. "교코의 말은 이해가 되지만, 그럴 만한 시대가 아니었잖아. 아무리 사랑하는 아내일지라도 어지간히 줏대 있는 녀석이 아니고서야, 저 혼자 나서서 결핵에 걸린 여자를 불러들인다는 건, 좀처럼 쉬운 일이 아니거든."

"……." 교코는 잠자코 있었다.

"그래도 사실 자기 어머니 뜻대로 일방적인 이혼을 당하고서도 불평 한마디 못 하는 건 바보 같은 이야기지." 나는 다케오를 조금 변호할 작정이었는데, 역시 스스로도 납득이 가지 않아 도중에 방향 전환을 하고 말았다.

교코는 그걸 놓치지 않았다. "당신은 절대로 변호사는 될 수 없을 거예요" 하고 웃으며 말했다.

"맞아. 난 문학 평론가도 변호사도 분명 될 수 없어."

교코의 어머니는 물론 우리 관계의 변화를 눈치채고 있

었다. 하지만 그녀는 그것에 대해 한마디도 하지 않았다. 그리고 내가 매일이다시피, 조금씩 단풍으로 물들어가는 작은 집에 얼굴을 내미는데도 아무 말이 없었다. 그뿐 아니라, 그녀는 늘 정신이 아득해질 정도로 친절하게 맞아주었다.

셋이서 마당이 내다보이는 작은 거실에서 자주 식사를 했다. 학생 식당과 삼보반점의 부실한 식생활로, 위장에 후지산 분화구만 한 구멍이 뚫리려던 내게, 그런 건강한 식사는 최고의 기쁨이었다. 때때로 셋이서 시라카와 길 근처 고급 식료품점에서—적어도 내 생활수준으로 본다면 고급이었다—필요한 재료를 구입해서, 자신있는 프로방스 요리를 만들어주기도 했다. 하지만 순 일본 음식을 만들기 위해 설계된 작은 부엌에서, 기다란 나무젓가락과 식칼, 일본 냄비 등을 사용해 프랑스 요리를 만드는 것은 결코 간단한 일이 아니었다. 어떤 일을 순조롭게 진행시키려면 적절한 환경이 필요한 법이다.

내 하숙집을 처음 방문했을 때, 교코는 스티비와의 만남에 더없이 감동했다. 그녀는 토끼의 자그마한 머리와 길쭉한 귀, 부드러운 등을 차례로 쓰다듬으면서, 전체적인 모양을 조심스레 확인했다. 그러는 동안, 나도 그녀도 스티비도 소리 하나 내지 않아, 방은 완벽에 가까운 침묵에 감싸였다. 교코는 마침내 자신의 손을 무릎 위에 놓았다.

"귀여운 토끼네요. 난, 토끼 만지는 거, 아마 초등학교 이후 처음이에요. 그치만 스티비하곤 아주 친해질 것 같아요. 어쩐지 서로 잘 통할 것 같은 느낌이에요" 하고 그녀는 매우 확신에 찬 표정으로 말했다.

"이렇게 얌전히 구는 일은 좀 드물어. 평소엔 훨씬 **낯가림**을 하거든. 교코한테 반한 게 분명해."

교코는 미소 짓고 "그럴까요?" 하고는, 다시 스티비의 등을 쓰다듬었다.

우리는 2층의 작은 하숙방에서 많은 이야기를 하고, 그리고 사랑을 나누었다. 내게 있어, 교코를 품에 안는 것은 여태껏 느껴보지 못한 신기하고 신선한 경험이었다. 그녀는 처음엔 손가락과 입술로 내 몸 위를 구석구석 산책했다. 그것은 어쩐지 그녀에게 일종의 의식인 모양이었다. 그리고 그녀는 이 작업에 이상할 정도로 시간을 들였다. 핥고, 냄새 맡고, 깨물고, 만지면서, 내 몸을 매번 샅샅이 재확인했다. 그러고 있으면 나는 서서히 그러나 확실히 흥분되었다. 그 조용한 흥분은 조금씩 구체적인 욕망으로 바

뛰어, 이윽고 한여름의 무인도에 흘러든 표류자가 드디어 은혜로운 찬비를 맞을 때와 같은 열락을 낳았다.

교코는 그러다 말없이 나를 부드럽게 끌어안았다. 흥분이 고조되면서, 그녀의 표정은 마치 가을 하늘처럼 조금씩 변해갔다. 그럴 때, 그녀는 무척이나 행복해 보였다. 또한 그 표정을 보고 있으면, 나도 순수하게 행복해졌다. 그것은 마치 자기 안의 무언가가 가득 채워진 듯한 느낌이었다.

어느 날 밤이었다. 한창 사랑을 나누는 중에 지진이 일어났다. 처음엔 우리의 정신없는 움직임과 지진을 구분할 수 없어서, 곧장 알아채지 못했다. 그런데 지진임을 알게 되자, 나는 약간 무서워졌다.

"이거, 좀 위험하게 됐는걸" 하고 목소리에 불안을 담았다.

그러나 그녀는 개의치 않았다. "괜찮아, 괜찮아요, 무시해요. **파도를 타고** 계속해요" 하고, 그녀는 나를 더욱 세게 꼭 끌어안으며 가칠한 목소리로 말했다.

파도를 타고라니, 상당히 재미있는 표현이라 생각하면서, 그녀를 다시 꼭 안았다. 지진은 흐지부지 끝나고 말았지만, 그 여운은 잠시 동안 내 몸 안에서 사라지지 않았다.

"일본에서 사람들이 **그걸 하는** 도중에 지진이 일어나는 경우는, 흔히 있을 수 있겠는데?" 하고 교코에게 물어보았다.

"그야, 그렇겠네요" 하고 그녀는 내 질문의 취지를 제대로 이해하지 못한 듯 애매하게 대답했다.

"글쎄, 가령 도쿄를 예로 든다면, 인구는 대충 1300만 정도잖아. 그 가운데 성행위를 하는 연령에 있는 사람은—넉넉잡아 밑으로는 열대여섯 살로 하고—, 위로는 얼마쯤일까? 뭐, 얼추 이른 살까지 힘 쓰는 사람이 있다 치고, 단순 계산으로 전 인구의 절반가량, 600만 명은 될 테지. 그렇다면, 지진이 일어났을 때 마침—방금 우리가 한 것처럼—건전한 노력에 몸을 도취시킨 사람이 그 10분의 1에 불과하다 해도, 60만 명 정도는 되는 셈이지. 도쿄만으로도 꽤 대단한 숫자 아냐? 이에 비해선 그런 이야기를 별로 못 들은 것 같아. 그건 좀, 이상하잖아?"

교코는 웃음을 터뜨렸다.

"당신, 정말 특이한 생각을 하는 사람이야." 그녀가 내 품 안에서 웃고 있으니, 조금 간지러워졌다.

"그야, 계산으로는 그렇게 될지 몰라도, 그런 걸 화제로 삼을 기회는, 별로 없지 않아요?"

섹스가 끝나면, 그녀는 어김없이 한 번 더 손가락 끝으로 내 몸을 탐험했다. 그러나 이번엔 묘하게 무덤덤한, 어디까지나 내 얼굴과 몸 생김새를 기억하기 위한 극히 실용적인 감촉이었다. 손끝의 표면을 살며시 내 피부 위에 미끄러뜨리는 듯한, 아주 조용한 손놀림이었다. 이따금 그녀는 손가락에 힘을 실어, 어깨와 가슴의 두께라도 확인하려는 양 그 위를 가볍게 누르기도 했다.

가을은 눈에 띄게 깊어갔다. 일본에서 보낸 가장 아름다운 가을이었다. 그리고 마지막 가을이기도 했다.

교코와 같이 시내버스를 타고 구불구불한 길을 흔들리면서 오하라(大原)까지 나갔다. 산젠인(三千院) 경내로 들어가, 우리는 사경(寫經)에 도전했다. 그러나 솔직히 말해, 교코와 사경을 하는 건 결코 간단한 일이 아니었다. 그녀에게 붓을 쥐어주고 그 손을 가볍게 잡은 채, 경전의 글자를 하나하나 베껴나간다. 이 작업에는 아찔해질 정도로 시간이 걸렸다. 게다가 주위 사람들이 이런 요상한 일에 열심인 우리를 대단히 수상쩍게 지켜보는 터라, 더더욱 하기 힘들었다.

끝내고 나서, 팔짱을 끼고 경내를 산책했다.

"이렇게 둘이서 걷는 거, 난 너무 좋아요. 다들 내가 볼 수 없다는 걸 별로 눈치채지 못하는 느낌이니까" 하고, 교코는 내 팔에 매달리며 말했다.

화창한 날이면 그녀는 자주 재미 삼아, 핑크와 오렌지색이 섞인 화려한 줄이 달린 선글라스를 끼곤 했다. 이것은 그녀에게 무척 잘 어울렸고, 어지간히 튀는 행동을 하지 않는 한, 그녀가 시각 장애인이라는 걸 아무도 눈치채지 못했다. 이처럼 그녀의 장애를 **눈속임하는** 것이 어느새 하나의 게임이 되었다. 예를 들면, 그녀에게 작은 카메라를 들려주고 일부러 큰 소리로 "누르기만 하면 돼요"라고 말하면서, **소리로** 그녀가 사진을 찍도록 했다. 그걸 현상해보면, 꽤나 독특한 사진이 나왔다.

산젠인을 나왔을 때, 나뭇잎 사이로 비치는 햇살이 — 마치 주황빛 비처럼 — 빨갛게 단풍든 낙엽으로 뒤덮인 자갈길 위에 쏟아져내리고 있었다.

"쬐끔 사치를 부려볼까." 교코의 팔을 잡아당겨 눈앞에 있는 작은 요정으로 들어갔다.

메뉴에서 가장 싼 가이세키 요리(懷石料理, 만든 순서대로 손님에게 내는 고급 요리 — 옮긴이)를 골랐다. 메뉴를 아무리 꼼꼼히 읽어봐도 각각 요리의 내용물은 완벽한 수수께끼였는데, 일일이 그 설명을 듣는 것도 성가셔 가격으로 정하는 수밖에 없었다. 하지만 제일 싼 거라도, 둘이서 1만 5천 엔은 훌쩍 넘었다.

"학생, 그렇게 돈을 써도 돼요?" 내 말에, 교코는 기막히다는 표정을 지었다.

"괜찮아. 내일부터 아르바이트를 시작하니까 안정된 수입이 들어올 거야" 하고 나는 편하게 말했다.

기모노 차림의 아주머니가 가이세키 요리가 차려진 밥상을 내왔다.

"1만 5천 엔치고는 양은 얼마 안 돼" 하고 나는 교코에게 작은 목소리로 보고했다. 우리는 요리를 먹기 시작했는데, 이번엔 교코의 **눈속임**이 전혀 먹혀들지 않았다. 이런 요리는 앞이 보인다 해도 먹기 힘드니까, 교코는 진짜로 고생을 했다. 나는 하나하나 요리의 모양과 위치를 설명하고, 그녀는 그에 의지해 조심스레 요리를 입으로 가져갔다. 먹기 까다롭기만 할 뿐 맛을 잘 알 수 없었고, 별로 만족스럽지도 못했다.

교코의 집에 돌아왔을 때 가을 하늘은 이미 완전히 캄캄해지고, 머리 위에서 별이 희미하게 반짝이는 게 보였다. 집 앞 어둑한 자갈길에서 그녀는 내 소맷부리를 가볍게 잡았다.

"글쎄, 언제 말할까 죽 망설였는데, 여름 동안, 도쿄에서 취직을 조금 알아보고 왔어요. 지금의 느긋한 생활이 즐겁고, 경제적으로 그다지 어려움이 있는 건 아니지만, 이렇게 평생 계속될 수는 없는 거잖아요. 슬슬 진로를 결정해야겠다 싶었어요. 나한테 그리 선택지가 많은 건 아니지만, 아무튼 뭔가를 찾아야겠다고 생각했어요."

밤바람이 그윽한 금계나무 향을 실어왔다.

"약한 소리를 하는 게 아녜요. 눈이 보이지 않는 사람이 보통 **떠맡는** 일이라면 얼마든지 있지만, 난, 그런 건 싫어요. 아시죠? 일반 기업 몇 군데쯤에 원서를 넣어봤는데, 면접에서 으레 이렇게 묻더군요. 통근은 할 수 있습니까? 그 작자들, 내가 15년 가까이 어떻게 학교를 다녔다고 생각하는 건지. 엄마 등에 업히기라도 했다고 생각하는 걸까요?"

나는 아무 말도 하지 않았다.

"뭐, 그거야 그렇다 치고, 뜻밖에도, 어제 한 회사에서 연락이 왔어요. 그걸 당신한테 알리고 싶었어요……. 어떻게 할까, 지금 약간 고민 중이에요. 내년 봄부터 회사원이 된다니, 스스로도 좀 얼떨떨하니까요. 뭐, 아직 시간이 있으니까 좀더 생각해볼래요."

내가 대답하기 전에 그녀는 한 번 더 내 소매를 잡아당겨, 오른손으로 내 뺨의 위치를 확인하고 나서 거기에 짧은 키스를 했다. 집으로 들어가는 그녀의 뒷모습을 보며, 나는 대단히 복잡한 기분에 사로잡혔다.

그 다음 날부터 영어 회화 아르바이트가 시작되었다. 오랜만에 회의실의 화이트보드 앞에 서니, 가을이 되고 나서—아니, 정확히 말하면 교코와 마루야마 공원에서 키스를 하고 나서—처음으로 말할 수 없는 공허감을 느꼈다. 교코와의 관계도, 대학에서의 공부도, 나 자신의 사생활까지도, 매일 그토록 충실한 **순 일본적인 공간**—적어도 나는 순 일본적이라고 믿었다—에 푹 잠겨 있건만, 단지 돈벌이 때문에 얄팍한 영어 회화의 세계로 돌아가는 건 견디기 힘든 일이었다. 그것은 내게 고통이자, 일종의 매춘 행위였다.

하지만 오사카에 다니는 동안 그런 반발심도 서서히 무디어지면서, 그런 것에 그다지 개의치 않게 되었다.

이따금 시내에서 언짢은 일이 생기면, 성격이 아주 삐딱해졌다. 〈야마무라야〉라는 가게에서 돈까스를 먹을 때였다. 그곳의 돈까스가 어마어마한 크기로 유명하다기에, 나는 점심이 낀 수업을 빼먹고 교코를 데려가기로 했다.

늘 그렇듯이 교코를 위해 메뉴를 대충 읽고 나서 가게 주인에게 2인분을 주문했다. 그런데 주문을 한 사람은 나인데도 — 친구와 같이 있어도 흔히 생기는 일이었지만 —, 그는 일본인인 교코 쪽을 보며 주문을 반복했다. 교코는 물론 누군가 자신을 보고 있다는 걸 알 리 없다. 그래서 나는 "히레까스 정식을 둘 주세요" 하고 구조에 나섰는데, 내 일본어가 그의 귀에 안 들어갔는지, 그는 이번엔 영어로 "츠—빗구 자파니—즈 히—레 까스" 하며 영문을 알 수 없는 억양으로 단어를 늘어놓는다. "맞아요, 히레까스 정식을 둘 주세요" 하고 끈질기게 되풀이했는데, 솔직히 말해 조금 울화가 치밀었다.

30분 뒤, 두 개의 거대한 돈까스가 날라져 왔는데, 쟁반 위에는 익숙한 나무젓가락은 보이지 않고, 포크와 스푼이 얹혀 있을 뿐이었다. 이 가게에서는 젓가락을 사용하지 않는가 싶어 주위를 둘러보았지만, 다들 고전적인 나무젓가락을 사용해 그 프리즈비(Frisbee, 플라스틱 원반—옮긴이) 같은 큼직한 돈까스를 먹고 있다. 그렇다면, 우리도 젓가락을 달란 말이야. 무엇보다, 교코는 그게 더 먹기 편하다.

"미안하지만, 젓가락 주시겠어요?" 하고 부탁하자, 그는 큰 소리로 "오—유—자파니—즈 하—시 옷케—?" 하고 예의 얼빠진 발음으로 말하며, 마지못해 나무젓가락을 테이블 위에 놓았다.

발끈했다. 교코는 여태껏 보지 못한 슬픈 표정을 짓고 있고, 주위 사람들도 거북한 기색이 뚜렷했다. 이런 가게에서 돈까스 따위 먹을까 보냐 생각하는데, 교코는 마치 내 생각을 훤히 뚫어본 듯이 "우리, 여기서 나가요" 하고 나직이 말했다. 우리는 입도 대지 않은 돈까스 값을 치르고, 가게를 나왔다.

하숙집 근처의 공중 목욕탕에는 참으로 다양하고 독특한 사람들이 드나들었다. 툇마루에 교코와 나란히 앉아 그 이야기를 했다. 우선 상가의 생선 가게 아저씨 이야기를 했다. 생선 가게는 아침이 이른 만큼, 오후가 되면 그는 아주머니에게 가게를 맡기고 6시에는 이미 목욕탕에 와 있었다.

"이 사람의 최대 특징은 말야, 목욕탕 문을 닫는 아슬아슬한 시간까지 절대 탕에 들어가지 않는다는 점이야. 어떤고 하니, 6시에 와서 마지막까지 남아 있는 거야. 그리고 폐점 시간까지 딱 10분 남았을 즈음, 갑자기 생각난 듯이 탕으로, 문자 그대로 뛰어드는 거지" 하고 나는 설명했다.

"그러자면, 대여섯 시간은 걸릴 텐데? 그동안, 그는 뭘 하죠?" 하고 그녀는 정곡을 찔러 물었다.

"좋은 질문이군. 사실 그의 세숫대야에 들어 있는 건, 비누나 샴푸 같은 상식적인 게 아니고, 낡은 라디오 하나 야. 그것도 전쟁 전, 공장의 바겐세일에서 산 듯한, 정말로 낡아빠진, 지금은 좀체 구경하기 힘든 그런 물건이지. 목 욕탕에 들어오면, 그는 욕조에 등을 기댄 채 책상다리를 하고 앉아. 그리고 고추 위에다 작은 타월을 조심스레 걸 쳐놓고, 그 골동품 같은 라디오가 든 세숫대야를 다리 사 이에 두는 거야" 하고 나는 비교적 정확하게 묘사했다.

"그래서?"

"그래서? 물론 라디오를 듣는 거지. 그것도 아주 행복 한 표정으로 눈을 감고, 볼륨을 한껏 올려서 말야. 대개 야 구 중계를 듣는데, 어떻게 생각해? 따끈따끈한 데서, 알몸 인 채로 야구를 듣는 것도, 꽤나 멋진 취미인 것 같아. 난 그걸 맨 처음 봤을 때, 조금 감동했어."

"그래요, 나쁘지 않겠네요" 하고 교코는 웃으며 동의 했다.

"그뿐이라면 더 이상 할 말 없지만, 또 있어. 매일 생선을 주물럭대고, 배를 가르고, 종이에 싸고, 손님에게 건네주고 하다 보면, 아무리 청결한 사람이라도 몸에서 지독한 바다 비린내를 풍기기 마련이지. 이 아저씨도 예외가 아냐. 그 냄새가, 진짜 말도 못 해. 일본 전국의 파리가 단체로 아름다운 남쪽 섬으로 망명하고 싶어지는 냄새. 게다가 아저씬 탕에 들어가기 전에 절대 몸을 씻으려 하지 않아."

나는 잠깐 쉬었다.

"라디오 중계가 끝나는 시간과는 관계없이, 그는 정확하게 맞춰진 시한폭탄처럼, 늘 똑같은 시간에 그 지독한 바다 냄새 풍기는 커다란 덩치를 요란하게 욕조 안으로 들이미는 거야. 몸을 씻는 건 물론 그다음이지."

"그건 좀 지저분해." 교코는 얼굴을 찡그렸다.

"그렇지. 그래서 목욕탕에 가면, 어쨌든 아저씨보다 먼저 탕에 들어가는 게 나의 최우선 과제야."

교코는 웃었다. "당신은 여기저기서 고생이 많군요" 하고 놀려댔다.

"근데 말야, 내 관찰에 의하면, 도쿄와 교토는 목욕탕 사용법이 엄청 달라" 하고 나는 덧붙였다.

"그래요?"

"가령, 도쿄 사람은 욕조에 들어가기 전에 반드시 몸을 구석구석 씻어. 몸을 깨끗이 한 다음에, 다 같이 공동으로 사용하는 욕조에서 몸을 덥힌다는 발상이지. 거꾸로 교토에서는, 라디오 듣는 생선 가게 아저씨로 대표되듯이, 우선 탕에 느긋하게 몸을 담그고 충분히 덥혀지면 씻는 거야."

교토에서는 또 한 가지를 관찰할 수 있었다. 옷을 벗으면 도쿄 남자는 아무렇지도 않게 당당히 걸어 다니는데, 같은 혼슈(本州)를 신칸센으로 겨우 몇 시간 서쪽으로 달리기만 해도, 남자들은 기를 쓰고 타월로 감추며, 죽어도 안 보여주려 한다.

가을의 마당을 바라보며 교코에게 이런 이야기를 하자, 그녀는 굉장히 관심을 보였다. "그 고추 이야기, 재밌네요" 하고 내게 애교 떨듯이 그녀는 말했다. "당신은 어떻게 해요?"

"……."

거기다 어제는 온몸에 문신을 한 야쿠자가 옆에 앉아 있었다든가, 요전엔 할아버지 한 분이 타일 위에 틀니를 놔두고 그냥 갔다든가, 그런 이야기를 하자, 그녀의 호기심은 점점 높아져갔다. "나도 한번, 목욕탕에 데려가줘요"

하고 그녀는 진지한 낮으로 말했다.

나는 한쪽 눈썹을 올리고, 그녀를 보았다.

"데려가는 건 어렵잖은데, 거기서 어쩌려고? 같이 〈여탕〉에 들어가 상세히 주위 상황을 설명해주고 싶은 마음은 내게 **충분히** 있지만, 유감스럽게도 그건 불가능해."

하지만, 이 정도로 단념할 교코가 아니었다. 며칠 뒤 저녁 무렵, 그녀를 목욕탕에 데려가게 되었다. 카운터의 아주머니에게 사정을 설명했을 때, 그녀는 약간 난처한 듯한 표정을 지었지만, 결국 교코를 거들도록 양해해주었다.

목욕탕에서 나와, 팔짱을 끼고 시라카와까지 걸었다. 얕은 흐름을 따라 조금 걷다가, 좁은 돌다리에 걸터앉았다. 캔맥주를 하나 따서, 교코에게 건넸다. 그녀는 그걸 약간 돌려 따는 위치를 확인하고 나서, 맥주를 한 모금 두 모금, 아주 맛있게 마셨다. 그리고 머리를 내 어깨 위에 얹고, 한참 동안 아무런 이야기도 하지 않았다.

나도 캔을 따서 맥주를 마셨다. 그리고 눈을 감았다. 온몸의 신경을 집중시켜 시각 이외의 감각에 의지하면서, 주위의 상황을 느껴보려 애썼다. 하지만 쉽게 잘 되지 않았다. 시냇물 흐르는 희미한 소리, 근처에서 왁자지껄한 아이들 웃음소리 외에는 아무것도 들리지 않고, 그런 어중간

한 고요함에 되레 나는, 다시 눈뜨고 싶도록 불편한 기분이었다.

그런데 그런 기분을 잠시 꾹 참고 있으니, 몇 가지 새로운 감각이 거기에 겹쳐졌다. 교코의 몸에서 비누와 샴푸 향이 풍겨왔다. 10월 하순이라지만, 아직 그다지 쌀쌀하지 않았다. 나는 그걸 피부로 새삼 실감했다. 허리께까지 내린 두 손에 닿는 돌다리만이 뜻밖에 차가웠다.

"이 다리는 옛날에 스님들이 수행하면서 늘 건넜다 해서 행자교(行者橋)라 하는 모양이야." 나는 눈을 감은 채 침묵을 깼다.

"그래요? 그보다도, 이제 좀 이따가 비가 올 거예요" 하고 교코는 나의 얄팍한 지식에 대해 그리 관심을 보이지 않고 말했다.

"어떻게 그걸 알아?" 나는 다소 시무룩해졌다.

"알 수 있어요, 그런 건. 바람이 나뭇가지를 흔드는 걸 알 수 있고, **비 오기 전** 냄새도 나잖아요?" 하고 그녀는 아주 확신하는 투로 말했다.

눈을 뜨고, 해질녘 하늘을 올려다보았다. 히가시야마 저편에서 — 바로 치온인 위 부근에서 — 커다란 비구름이 조용히 이동해오는 게 보인다. 주변의 기다란 버드나무 가

지도 산들바람에 조용히 흔들렸다. 그러나 그것은 어둑해
진 강변에서 가만히 눈여겨보지 않고서는 알 수 없는 미동
에 지나지 않았다. 나는 낮게 한숨을 쉬었다. 이럴 때, 언
제나 감동과 고독감이 뒤섞인 복잡한 기분이 된다. 교코는
역시 나와는 절대로 공유할 수 없는, 똑같아 보이면서도
상당히 다른 세계에서 살아가고 있다. 사물을 재바르게 감
지하는 그녀의 감수성은 너무나도 적확하고, 너무나도 예
민했다.

얼마 안 있어 밤바람이 조금 강해지면서, 후드득 떨어
지기 시작한 큰 빗방울은—마치 무수히 많은 따스한 눈
물처럼—강 수면을 흩뜨리기 시작했다. 나는 한층 복잡
한 기분이 되었다.

가이코 다케시(開高健〔1930~1989〕, 소설가—옮긴이)의
『여름의 어둠』을 읽고 있었다. 관능적인 부분이 많아, 나
는 어째서 교코가 늘 이런 주문을 할까 생각하면서, 자극
을 받으며 낭독하고 있었다. 도중에 그녀는 내 뒤로 돌아,
내 등에 기대어 앉았다. 나는 잠깐 책에서 눈을 들었다.

"계속해줘요." 교코의 목소리는 나직한 속삭임에 가까
웠다. 그녀가 머리를 뒤로 젖히자, 그녀의 부드러운 머리

카락 감촉이 목덜미에 느껴졌다. 어느새,『헨리&준』을 읽을 때와 똑같은 긴장감이 우리 사이에 생겨났다. 따스하고 달콤한 것이 나를 감쌌고, 목이 말랐다.

정신을 차리니, 옆방에서 바스락바스락 집안일을 하고 있던 어머니가 거실 문턱에 서서, 낭독을 듣고 있었다. 등으로 느끼는 교코의 몸무게와, 눈초리에 호의적인 주름을 짓고 가만히 응시하는 어머니의 모습에 나는 더욱더 기묘한 기분이 들었다. 두 여성의 존재를 강하게 의식하지 않을 수 없었다. **남에게 보여지면서** 낭독하는 건 무척 힘든 일이라고 생각했다.

그 다음 날 아시야(芦屋) 근처 다니자키 준이치로 기념관을 찾았다. 아침부터 세찬 비가 내렸지만, 기념관에 도착했을 때 하늘은 거짓말처럼 개었다.

예상과 달리, 기념관은 매우 근대적인 건물이었다. 그 안을 걸으면서 교코에게 여러 가지 설명을 했다. 우리는 나무 팻말에 〈다니자키의 서재〉라고 적힌 작은 다다미방 앞까지 왔다. 방 바깥에는 회유식(回遊式) 정원이 보였다. 거주지를 이리저리 옮긴 다니자키의 한 서재를 재현한 것인 모양인데, 거기에서, 나 자신이 교토라는 공간에서 막연히 찾고 있던 어떤 원형 같은 걸 엿본 느낌이었다. 하지만 그걸 말로 잘 설명할 수 있을 것 같지 않았다.

방 앞에는 또 하나의 팻말이 있었다. 다니자키의 일상이 병적일 만큼 규칙적이었다고 써 있었는데, 그걸 교코에게 읽어주는 동안, 흰머리에 초로의 남자가 이쪽을 물끄러미 계속 응시했다. 우리는 그 자리에서 약간 물러났다. 그런데 『겐지 이야기〔源氏物語〕』의 현대어 번역에 관한 전시물 앞에서 교코에게 그 설명을 하고 있자니, 그는 다시 다가와 말을 걸었다.

"멀고도 먼 미국에서 찾아와, 자원 봉사 활동을 하다니, 참으로 훌륭하구먼." 그지없이 감동한 말투다.

"저는 미국에서 오지도 않았고, 이건 자원 봉사 활동도 아닙니다" 하고 나는 퉁명스레 되받았다.

그는 깜짝 놀라 아무 말도 하지 않았다.

"친절한 할아버지를 괴롭히면 못써요" 하고 기념관을 나온 뒤 교코는 내 팔을 잡아당기며 귀에 대고 속삭였다.

"나쁘다고 생각하지만, 저런 편견이 심한 작자는 정말이지 화가 치밀어."

우리는 한적한 주택가를 산책했다. 이름도 모르는 작은 시내를 따라 가파른 비탈길을 오르는데, 머리 위로 커다란 소나기구름이 천천히 하늘을 가로지르고, 그 틈새로 쾌청

하고 파란 하늘이 나타났다 숨었다 했다. 아득히 저편에 보이는 롯코잔(六甲山)의 능선이 아름다웠고, 기분이 매우 산뜻해졌다.

비탈길 위에 이르러, 잠깐 쉬기로 했다.

"한데, 이러고 다니는 거, 교코는 재미있어?" 나는 전부터 신경 쓰이던 걸 약간 주저하며 물었다. 하지만 그건 물론 더없이 바보스런 ─ 그럴 수만 있다면 당장 취소하고 싶은 ─ 질문이었다.

"그게 무슨 뜻이죠?" 교코의 목소리에는 여태 들어본 적 없는 날카로운 울림이 섞여 있었다.

"아니, 별로 깊은 뜻은 없지만, 전부터 가끔 그런 게 좀 궁금했거든."

"그건, 내가 눈이 안 보이니까, 라는 뜻인가요?" 교코의 목소리는 한결 긴장되어 있었다.

"제대로 표현을 못 해서 오해할지도 모르겠는데, 말하자면……" 단어가 떠오르지 않았다.

잠시 동안, 납처럼 무거운 침묵이 이어졌다. 소나기구름은 오른쪽에서 왼쪽으로 서서히 흘렀다.

"바보로군요. 난 안 보이는 것엔 어릴 적부터 익숙해졌어요. 보이지 않아도, 같이 있는 건 아주 즐거워요. 당연하잖아요, 그런 건. 당신의 설명은 재미있고, 그걸 듣고 난 주위의 상황을 잘 알 수 있어요. 보이지 않아도, 이렇게 함께 산책하는 게 너무 좋아요. 지금, 난 그 이상 아무것도 원하지 않아요. 그러니까, 그런 멍청한 말은 두 번 다시 하지 말아요. 나, 엄청 마음이 아플 거예요." 그녀의 표정에는 화난 건지 쓸쓸한 건지 알 수 없는 감정이 묻어 있었다.

단어가 제대로 떠오르지 않은 채 어색하게 사과했지만, 우리 사이에 뭔가 서먹서먹한 게 비집고 들어왔다. 그리고 그걸 제대로 내쫓지 못한 채 전차를 타고, 교토로 돌아왔다.

교토에 도착할 때까지 우리는 거의 말을 나누지 않았다.

그날 밤, 작은 하숙방에서 부드럽게 끌어안으며, 무언의 화해를 했다.

여름 방학 직후로 예정되어 있던 학교에서의 발표는 결국 10월 말에 집중되었다. 이에 대비해, 수업도 아르바이트도 빼먹고 매일 하숙집에 틀어박혀 공부했다.

세미나 발표는 일단 무사히 마쳤다. 예전부터 남 앞에서 떠드는 데는 재주가 없지만, 발표는 그런대로 평가를 받았다. 그런대로, 라는 것은 어디까지나 교수가 형식적인

간결한 코멘트를 했을 뿐이고, 학생들 쪽에서도 반응은 전혀 없었다는 뜻이다. 나는 침묵에 싸인 교실에서 혼자 지껄이고, 다른 학생은 거기에 전혀 관심을 보이지 않았고, 수업 종료를 알리는 벨이 울리자마자, 그들은 쏜살같이 흩어졌다.

세미나에는 다리가 아름다운 고이케(小池) 씨가 있었다. 나는 완벽에 가까운 곡선을 그리는 그녀의 그 미끈한 다리를 볼 때마다 가벼운 현기증을 느끼는 동시에, 근대 문학 세미나에 들어오길 잘했다고 새삼 생각했다.

한편, 그녀의 너무나도 퍼펙트한 다리에는 남자의 시선을 숙명적으로 끌어당기는 힘이 있어, 그녀와 마주 보고 앉으면, 항상 눈 둘 데를 몰라 난처했다. 그래서 나는 ㄷ자(字) 형태로 늘어선 책상에서 **가능한 한 그녀와 같은 쪽**에 앉도록 주의했다. 하지만 여러 사람 앞에서 발표를 하게 되면, 그 우아한 다리로부터 시선을 돌리기란 불가능에 가까웠다.

고이케 씨의 다리에 매혹당한 것은 결코 나만이 아니었다. **어쩌다** 그녀의 무릎이 시야에 들어와버리면, 거기에는 어김없이 타인의 시선이 이미 머물고 있었다. 그리고 각각의 시선을 근원지까지 거슬러 올라가면, 그 주인은 학생이

거나 지도교수이거나 했다. 굳이 일본 문학 교수가 여성의 다리라는 특수한 기하학에 관심을 갖는 게 나쁘다고는 생각하지 않지만, 고이케 씨의 다리 위에서 그의 시선과 조우하는 것은 뭐라 말하기 힘든 느낌이었다.

영어 회화 교실에서의 시간은 여전히 나를 공허한 기분으로 만들었다.

돌아오는 전차 안에서 차가운 유리창에 머리를 대고, 밤의 세계를 멍하니 바라보았다. 이따금 도시의 인공적인 불빛이 눈에 들어오고, 환한 차 안을 배경으로 내 얼굴이 유리창에 비치기도 했다. 어느 역을 통과하자, 플랫폼에 늘어선 사람들은—마치 다른 시공(時空)으로 빨려 들어가는 SF 영화의 나쁜 우주인처럼— 무서운 속도로 전차 뒤쪽으로 사라져갔다. 나는 그런 것들에 별 관심이 없었다. 어쩐지 피곤해 보인다. 달리는 전차 소리도, 앞 좌석에서 떠들어대는 사무원 같은 여성의 대화도 귀에 들어오지 않는다. 비현실적이고 편안한 마음의 침묵이었다.

이렇게 어둠 속을 달리고 있으니, 겨우 기분이 좀 가라앉았다. 그럴 수 있다면, 이대로 오호츠크 해(海)까지 계속 내달렸으면 싶었다. 그러나 한 개인의 소망과 전차의

업무상 형편이라는 것은 별개의 문제다. 전차는 시각대로, 숙명적인 정확성으로 산조게이한(三條京阪) 역의 일정한 위치에 멈췄다.

산조 거리는 귀가하는 샐러리맨과 제각기 목적지를 향해 서두르는 사람들로 넘쳐나고 있었다. 노면 전차는 삐걱거리는 듯한 약간 뒤틀린 소리를 내면서 나를 앞질러, 히가시오지 거리의 교차점에 다다랐다.

삼보반점에 도착했을 때, 가게 안은 엄청 붐볐다. 입구에 가장 가까운 테이블에 빈자리가 단 하나 있었다. 거기에 앉으면 손님이 드나들면서 찬바람이 등을 훑고, 가게 안쪽의 작은 텔레비전 화면도 잘 보이지 않는다. 더군다나 오늘은 합석이다. 하지만 배가 너무 고팠기 때문에, 하는 수 없이 거기에 앉았다.

오랜만에 된장 짬뽕 곱빼기와 만두와 생맥주를 시켰다. 맥주는 금방 나왔지만, 요리가 다 될 때까지는 시간이 걸렸다. 가게가 이처럼 북적대니 그럴 만도 했다.

텔레비전 쪽으로 눈길을 주었다. 연달아 네 가지 광고가 나왔다. 그중 두 개는 갓난아기 **기저귀**이고, 나머지 두 개는 여성 생리대였다. 어째서 식사 때에 이런 걸 봐야만 하는지. 진절머리가 나서 텔레비전 보기를 단념했다. 맥주

잔을 바라보며 작게 한숨을 쉬었다. 그사이, 학생 두 명이 자리에서 일어나, 계산대에서 돈을 내고 가게를 나갔다. 거리의 소음과 함께 차가운 밤공기가 등을 스쳤다.

나는 맥주잔을 손에 들고 빈자리로 옮겼다. 그러고 나서 바로 된장 짬뽕과 만두가 나왔다. 잔새우, 오징어, 야채 등이 굵은 면 위에 수북하니 얹혀 있고, 진한 국물에다 알맞게 익은 면발, 맛은 화려하고 절묘했다. 영혼의 외침과 더불어 가슴이 두근거렸다. 입맛을 다시며 나는 만두에 젓가락을 가져갔다. 만두는 입 안에서 사르르 녹았다. 만두가 아닌 것 같았다. 절묘한 맛에 절로 기쁨의 한숨을 쉬었다. 그리고 다시 맥주를 마셨다.

이렇게 두 번 정도 반복하니, 오랜만에 구름 위에 있는 듯한 방심 상태에 도달했다. 만두가 동이 나자, 간장과 라유와 식초가 섞인 남은 초장을 면 위에 끼얹어, 맛을 더욱 진하게 했다. 마지막 면발 하나를 소리나게 빨아당기고 국물을 마지막 한 방울까지 후루룩 마시니, 신기한 충족감으로 채워졌다. 위장 아래에서 작은 트림이 올라와, 한 번 더 초장과 된장의 조화를 맛보면서 나는 은근히 미소 지었다. 식사가 끝나도, 별로 돌아가고 싶지 않았다. 허리께가 묵직하고, 조금 더 이 기분 좋은 방심 상태에 젖어 있고 싶었다.

다시 텔레비전에 눈길을 주었다. SF 영화인지 뭔지가 방송되고 있었다. 잘 보이지 않았는데, 많은 사람들이 커다란 벽 앞에 있었다. 그건 아무래도 베를린 장벽인 듯하다. 벽 위로 올라간 젊은이는 큰 망치를 휘두르며 벽을 때려 부수려 하고 있다. 하지만 벽이 의외로 단단하여 힘껏 무거운 망치를 내려쳐보지만, 벽에서는 겨우 작은 콘크리트 파편이 튕겨져 나올 뿐이었다.

나는 남은 맥주를 마셨다. 맙소사, 베를린 장벽을 부수는 영화로군. 다음엔 화성에서 환상적인 빙산이 발견되어, 그곳에 북방의 이누이트족이 이주하는 이야기라도 만들 셈인가. 세상에는 다양한 취미를 지닌 다양한 사람이 있으니, 영화도 상상에 내맡겨 다종다양하게 만들어야지.

거듭 텔레비전에 눈을 돌리자, 벽 일부가 크레인에 의해 천천히 끌어내려지고 있었다. 군중 속에서 한 번 더 커다란 환성이 일었다. 그중에는 샴페인을 마시는 사람도 있었다.

화면을 새삼 응시했다.

그리고 심장이 멎는 줄 알았다. 화질은 분명 영화의 화질이 아니었다. 거기에 비치는 대중은 확실히 엑스트라도 배우도 아니다. 온몸에 소름이 돋고, 전율이 일고, 등줄기가 얼어붙었다. 이건 영화가 아니다. 뉴스다. 사람들은 정말로 베를린 장벽을 부숴뜨리고 있는 것이다. 몸이 와들와들 떨렸고, 정신을 차려보니 자리에서 일어나 있었다.

그 영상을 언제까지나 계속 지켜보았다. 현실인 줄 알면서도 도무지 그걸 진실로 납득할 수가 없었다. 내 가슴에는 환희와 공포에 가까운 감정이 뒤섞여 있었다. 아나운서의 모습과 함께 화면 오른쪽 아래에 〈베를린 장벽 붕괴·동유럽, 민주화로〉라는 자막이 보였다. 나는 압도당해, 다시 의자에 앉았다. 눈앞에 된장 짬뽕 빈 사발이 무의미한 모습으로 놓여 있었다. 몸의 떨림은 잠시 동안 진정되지 않았다. 나는 근래, 너무나도 편협하고 너무나도 극단적인 삶의 방식에 푹 빠져 있었다. 베를린 장벽이—나 자신은 까맣게 모르는 경위를 거쳐—파괴되고 있다는 역사적인 사실보다도, 자신이 바깥의 **현실 세계**와 이만큼 동떨어진 환(幻)의 공간 속에, 이토록 오래 틀어박혀 있었다는 사실이, 나를 패닉에 가까운 상태로 몰아넣었다.

기름투성이 냉난방기기 위의 작은 텔레비전에 비치는 세계가 나를 부르고 있다……. 순간 그런 확신을 가졌다.

된장 짬뽕 사발과 만두 접시와 빈 맥주잔을 테이블 한

가운데로 모으고, 종이 칼집에 나무젓가락을 집어넣었다. 그리고 계산대에서 돈을 내고 가게를 나왔다. 싸늘해진 밤 공기는 산뜻했다. 가죽점퍼의 깃을 세우고 주머니에 두 손을 찔러넣은 채, 1만 킬로미터 떨어져 있는 군중들을 생각하며 조용한 걸음으로 하숙으로 향했다.

며칠 뒤, 차가운 안개비를 맞으며 우리는 기부네(貴船) 신사의 가파른 계단을 올라갔다. 양쪽에는 붉은 등롱이 늘어서 있다. 여느 때처럼 나는 교코를 위해 주위 상황을 설명하고, 젖은 이끼와 우람한 수목과 돌 따위, 여러 가지를 그녀에게 만져보게 했다.

전망대 비슷한 곳의 벤치에서 한 우산 아래 앉아, 그녀가 만든 불고기 도시락을 먹었다. 고기와 야채가 담긴 모양은 정체불명의 근대 미술 작품을 연상시켰는데, 맛있었다.

데마치야나기(出町柳)로 돌아가는 전차 안에서 교코는 어느새 잠이 들었다. 나는 아무 생각 없이 그녀의 잠든 모습을 지켜보았다. 그리고 불현듯 아무런 예고도 없이, 마침내 깨달았다. 그녀와 함께 있을 때, 내가 늘 유난히도 마음의 휴식을 느끼는 그 이유를.

생각해보면, 그것은 매우 간단한 일이었지만, 너무 단

순해서 오히려 한참이나 깨닫지 못했다.

그건 그녀가 나를 볼 수가 없기 때문이었다.

도시의 사람들은 나를 항상 말똥말똥 보고 있었다. 그들은 언제나 사람의 **외견으로** 태도나 접대 방식을 결정하고, 나는 이 때문에 늘 불쾌한 기분이 들곤 했다. 사람을 외견으로 판단하는 것은—정도의 차이는 있을지라도—어느 나라 사람에게나 공통되는 것으로, 특별히 보기 드문 현상은 아니다. 하지만 교토의 경우, 이야기는 미묘하게 달랐다. 사람을 보고 그 외견으로 순식간에 무언가를 멋대로 정하고선, 상대의 기분을 놀라울 정도로 무시한 채 라벨을 붙여버리는 과정은 극히 특수한 것이었다.

그것은 결코 '차별'이나 '폐쇄성' 같은 흔해빠진 단어로 처리될 수 있는 단순한 문제가 아니었다. 거기에는 더욱 언짢은—얼핏 보일 듯하면서도 정작 눈에 보이지 않는—미묘한 **구별의 메커니즘**이 존재하고 있었다. 피부로 그 메커니즘을 감지할 수는 있어도, 그것은 명확한 형태를 지닌 게 아니었다. 그것과 맞서려고 하면, 언제나 **다른 무엇으로 탈바꿈하고 말았다.** 그럴 때 소리도 충돌도 아픔도 없었지만, 몇 번이고 **탈바꿈하는** 사이, 몸도 마음도 멍투성이가 되었다.

그리고 역시, 모든 게 외견에서부터 시작되고 있었다. 나는 남에게 보여지는 것에 극단적인 피로를 느끼는지도 모른다고 생각했다. 매번 **가이진이라는 이름의 광대**를 연기해야 하는 것이 지긋지긋했다.

그런데 교코와 함께 있으면, 그런 일은 물론 전혀 없었다. 당연한 이야기지만, 그녀의 경우, 외견이라는 것은 애당초 존재하지 않았다. 나와 교코의 관계는 처음부터 목소리, 육체, 언어, 이런 걸 매개로 시작되었다. 우리를 이어주는 것은 언어와 몸의 감촉이었다. 즉 외견 뒤에 가려진 것을 전달하는 수단이며, 모든 일의 핵심 부분이다. 갑자기 그런 느낌이 들었다.

그렇다. 단어가 틀리더라도, 장황하게 말이 많아도, 교코는 내가 그녀에게 전달하려고 하는 내용으로 나를 보고 있다. 그녀는 국적이나 인종을 넘어, 나를 **인간으로서** 대하고 있는 것이다. 그런 느낌이 들었다. 만약 교코가 나를 볼 수 있었다면, 우리의 관계는 필시 상당히 달라졌을지도 모른다.

이 도시에 단 한 사람이라도 나를 보지 않는 사람―나를 평범하게 대해주는 사람―이 있다는 것은, 말로 표현할 수 없을 만큼 마음의 휴식이 되었다. 나는 이걸 교코에게 이야기할까 생각했으나, 어쩐지 또 오해를 사기 쉬운 이야기인지라, 그만두었다.

그녀는 작은 전차가 종착역에 닿을 때까지, 깊이 잠들어 있었다.

제3장

그해 연말은 뜻하지 않은 사건의 연속이었다. 슬슬 졸업 논문에 본격적으로 몰두할 작정이었는데, 그럴 수 없게 만드는 일이 생겼다. 그리고 나는 하룻밤 새 전혀 예상치 못한 세계로 끌려들어가게 되었다. 그것은 작은 야쿠자 조직의 세계였다.

모든 게 자동 응답 전화기에 들어 있던 한 메시지에서 비롯되었다. 하숙집에 돌아오니, 자동 응답 전화기 램프가 마치 심장 박동 측정기처럼 규칙적으로 점멸하고 있었다. 재생 버튼을 누르자, 금속성 소리로 "메시지가 한 개 있습니다" 하고 알렸다. 녹음 내용이 재생되었다. 모르는 남자의 목소리가 방 안에 흘렀다. 남자는 프랑스어로 말했다.

"저는 프랑스 국영 텔레비전의 장 사리스라프라고 합니다. 파리의 엔도(遠藤) 씨한테서 당신 이야기를 들었습니다. 현재 다큐멘터리 영화 촬영에 들어가려던 참인데, 통역과 취재 섭외를 맡은 사람이 갑자기 몸이 아픈 바람에, 매우 난감한 상황입니다."

조금 짬이 있었다. 남자는 단어를 찾고 있는 모양이었으나, 느긋하고 아주 차분한 말투였다.

"그래서, 파리에서 같이 작업을 하는 엔도 씨에게 전화로 의논했더니, 당신을 바로 추천해주었습니다. 신도(新都) 호텔에 묵고 있습니다. 부탁드립니다. 반드시 오늘 중으로 전화를 주세요. 전화번호는……" 메시지가 저장 용량을 넘은 듯, 남자 목소리는 거기서 끊기고 말았다. 삭제 버튼을 눌러 메시지를 지우고, SHINSEI 담배에 불을 붙였다. 생각났다.

엔도 씨를 알게 된 것은 5년 전이었다. 나는 배를 타기 전의 여름을 파리에서 보내고 있었다. 작은 다락방을 빌려 그곳을 거점으로 삼아, 매일매일 파리 시내를 어슬렁거렸다.

엔도 씨를 만난 날은 센 강변을 걷고 있었다. 바람이 세게 불었고, 수면 위로 갈색 잔물결이 일었다. 그에 따라 천천히 흔들리며 하천 운반선 몇 척이 강 양쪽에 정박되어 있었다. 뒤쪽에서 인기척이 났다. 돌아다보니, 한 여성이 센 강이 내려다보이는 둑 가장자리에 쪼그리고 앉아 있었다. 틀림없는 동양인이었지만, 나는 우선 프랑스어로 "무슨 일입니까?" 하고 말을 걸었다.

그녀는 깜짝 놀라 돌아보았다.

"내 고양이가 이틀 전 행방불명이 되어, 여태 찾아다녔어요. 그리고 오늘 겨우 이 배 위에 있는 걸 발견했죠. 어떻게 이런 델 올라갔는지 모르겠는데, 배는 둑에서 너무 멀어 난 탈 수가 없고, 고양이도 못 내려와요. 더구나 배 주인은 집에 없고요."

생김새는 일본인이었지만 그녀는 전혀 **사투리** 없는 유창한 프랑스어로 말했고, 복장으로 판단하건대 파리에 놀러 오는 일본인 관광객 타입은 아니었다. 서른다섯 안팎의, 상당한 미인이었다. 말할 때 상대의 눈을 똑바로 들여다보는 시선은 부드럽고, 눈초리에는 그리 도드라지지 않은 보기 좋은 주름이 있었다.

배 위에 돌연 문제의 고양이가 나타났다. 덩치가 엄청나게 큰 불그스름한 고양이었다.

"배는 일정한 리듬에 따라 다가왔다 멀어졌다 하는 것 같은데. 다가왔을 때 건너뛰면, 못 탈 것도 없겠는걸." 나는 혼잣말처럼 말했다.

그녀는 말없이 나를 보았다. 당시 나는 아직 젊었고, 여성의 그런 눈길에 약했다. 커다란 선체는 때마침 강어귀로 돌아오고 있었다. 나는 타이밍을 가늠해서, 배를 향해 점프했다. 뒤에서 감동한 듯한 그녀의 목소리와 낮은 박수 소리가 들렸다.

배를 탄 것까진 좋았는데, 정작 중요한 고양이가 다시 모습을 감추었다. 배 위에 서보니, 센 강의 냄새가 코를 찌르고, 바람도 한층 세게 느껴졌다. 밧줄 더미 뒤로 두 개의 뾰족한 삼각형 귀가 보였다. 고양이를 잡는 데에 결국 30분 남짓 걸렸다. 둑에 서 있는 그녀를 향해, 그 녀석을 마치 럭비공처럼 내던졌다. 고양이는 화들짝 놀란 듯 짧은 울음소리를 냈지만, 제대로 착지해 곧장 그녀 쪽으로 달려갔다. 그녀는 무척 반갑게 안아올려, 그 이마에 뺨을 비벼댔다. 얼씨구, 나는 생각했다.

사고가 벌어진 건 배에서 강가로 되돌아올 때였다.

잠시 머뭇거리고 나서, 한 번 더 크게 점프했다. 그러나 그때, 오른발이 물기 있는 갑판 위에서 미끄러져, 다음 순간, 머리서부터 센 강에 빠지고 말았다. 여름이라곤 해도, 물은 심장이 멈춰버릴 정도로 차갑고, 게다가 냄새가 지독했다. 나는 참을 수 없이 불결한 것에 빠진 듯한 초조감과 불쾌감을 느꼈다. 허겁지겁 개헤엄을 치다시피 해서 그럭저럭 둑으로 돌아왔다.

그녀 앞에 서서, 나는 "센 강에 한 번쯤 빠져보지 않으면, 얼마나 냄새가 지독한지 상상도 못할걸요" 하고 말했다.

그녀는 웃으며, 고양이를 구출해주어 고맙다는 인사를 했다.

근처에 사는 그녀의 아파트까지 걸어가서, 나는 거기서 뜨거운 물에 샤워를 했다. 그리고 내 옷이 거의 마를 때까지 ─ 그녀의 실크 가운을 몸에 걸치고 ─ 아파트의 멋진 거실에서 홍차를 마시며, 신상에 대한 이야기를 나누었다.

그녀는 열여덟 살 때부터 파리에 살았고, 소르본 대학에서 예술사 석사와 박사 학위를 잇달아 취득해, 일본과 프랑스의 다양한 예술과 문화 교류에 코디네이터를 맡고 있다고 했다.

이렇게 해서 엔도 씨를 알게 되었고, 그후로 자주 몽마르트르 언덕 위의 작은 레스토랑에서 함께 값싼 로제 와인을 마시곤 했다. 그런 회상에 잠기면서, 나는 몸을 일으켰다. 방이 담배 연기로 가득 차 있어, 창문을 열고 환기를 시켰다.

엔도 씨가 이런 식으로 수년 만에 다시 나타난 것은 참으로 묘한 일이었다. 전화 내용 또한 묘했다. 일단 신도 호텔에 전화를 걸어보기로 했다. 장 사리스라프의 방에 연결을 부탁하자, 자동 응답기의 것과 똑같은 목소리의 남자가 나왔다.

“이따가 호텔의 프랑스 식당에서 저녁 식사를 할 텐데, 괜찮다면 같이 가시겠습니까? 자세한 이야기는 그때 합시다.”

일요일 저녁을 대중식당이나 삼보반점에서 먹는 데에 비하면, 신도 호텔에서 프랑스 요리를 대접받는 건 가난한 유학생에게는 다소 거역하기 힘든 유혹이다. 20분 후에 나는 신도 호텔 로비에서 장 사리스라프와 굳은 악수를 나누고 있었다.

레스토랑으로 옮겨 요리를 주문한 다음, 나는 그를 잠시 관찰했다. 전화 목소리의 인상으로는 그야말로 세상의 보통 사람이 상상하는 방송국 감독의 이미지에 딱 맞았다. 쿨하고, 조용한 자신감에 차 있고, 머리 회전도 빠를 것 같았다. 그런데 실제로 만나보니, 그는 영 딴 분위기의 사람

이었다. 나이는 마흔가량이었지만, 동안(童顏)에다 머리
카락은 드문드문하고, 두툼한 안경 너머로 세계를 보는 눈
에는 일종의 천진난만함마저 깃들어 있었다. 남에게 호감
을 갖게 하는, 그리고 사람을 안심시키는 얼굴이었다.

그에게는 또 한 가지 특징이 있었다. 그는 대단히 뚱뚱
했다. 결코 어정쩡하게 뚱뚱한 게 아니었다. 사람이라기보
다 달마(達磨)라 하는 편이 나을 법한 체격이었다. 하지만
동시에 신기한 에너지로 가득 찬, 느낌이 좋게 뚱뚱한 모
습이었다. 세상에는 이토록 건강미 넘치는 뚱뚱한 사람도
있는 것이다.

그는 띄엄띄엄 취재 이야기를 시작했다. 처음에 그의
말투는 아주 산뜻했다. 하지만 서서히 열기가 감돌면서,
어느새 나는 그의 이야기에 푹 빠져들고 말았다. 이런 덩
치와 얼굴을 겸비한 사람이 이처럼 열심히 달변을 풀어놓
는 광경에는, 사람을 결정적으로 잡아당기는 무엇이 있었
다. 알게 모르게 나의 피가 들썩였다.

식사가 끝날 즈음, 나는—졸업 논문의 향방을 염려하
면서도— 흔쾌히 취재에 참여할 마음이 되어 있었다.

야쿠자 취재 이야기를 듣고, 교코는 무척 흥분했다. "그

거 재미있겠네요. 놓치지 말고 해요. 졸업 논문이 좀 걱정이지만, 잠시 책의 세계에서 벗어나는 것도 좋잖아요?" 하고 그녀는 말했다.

함께 차를 마시고 있던 그녀의 어머니도 적극적이었다.

"마치 영화 세계로 들어가는 것 같네요. 난, 그 세계에 대해 어쩐지 호기심이 생겨요. 그 속에 어떤 게 숨어 있는지, 한번 들여다보고 싶어요. 취재가 끝나면 이야기를 들려주세요. 지금부터 기대하겠습니다."

맙소사, 특이한 모녀로군, 나는 생각했다. 바깥으로 눈길을 주자, 마당의 초록다운 초록빛은 거의 자취를 감추었다. 벌거숭이 수목이 집 뒤켠의 비탈에 쓸쓸하니 늘어서 있었다.

나의 심경을 교코에게 좀더 이야기하고 싶었지만, 어머니 앞에서는 제대로 말이 나오지 않았다. 결국, 취재하는 동안 스티비를 맡아줄 수 있겠는지 의논했을 뿐이었다.

"좋아요. 돌봐주겠어요. 스티비 집 청소는 엄마한테 맡기고, 난 먹이를 주면서 담뿍 귀여워해줄게요."

그러고 나서 몇 주일간, 나는 개미지옥에 빨려드는 듯한 느낌으로, 여태껏 경험한 적 없는 황망한 세계로 끌려들어갔다.

팀원들과 같이 가이즈카(貝塚) 조직의 사무실 앞에 도착했을 때, 눈발이 폴폴 흩날리고 있었다. 어디서나 흔히 보는 3층짜리 맨션풍 건물이었다. 그러나 현관은 커다란 이중 유리벽으로 되어 있고, 그 위에 〈가이즈카 조직 본부〉라는 큼직한 금빛 글씨가 씌어 있었다. 유리벽 뒤로 박제된 큰 사자가 있고, 그 양쪽에 방범 카메라가 설치되어 있었다.

"방범 카메라는 공격으로부터 사무실을 지키기 위한 기라. 사자는 다른 조직의 두목한테서 사소한 일거리에 대한 **사례**로 받은 거고" 하고 가이즈카 두목은 설명했다. 세상에는 희한한 선물을 하는 사람도 다 있다고 나는 생각했다.

두목의 **밀실**에는 푹신푹신한 하얀 양탄자 한복판에 낮고 널찍한 테이블이 놓여 있었고, 그걸 에워싸는 형태로 열 명 정도 앉을 수 있는 L자형 소파가 있었다. 장롱 위는 사진이며 복싱 트로피, 일본도 등으로 장식되어 있었다. 사진을 가까이서 보니, 일본식 정장 차림의 다른 조직 두목 같은 사람과 유명한 스모 선수, 지역 정치가 등이 가이즈카 두목과 나란히 있었다.

“나는 규슈(九州) 출신이오.”

소파에 파묻히듯 앉아, 가이즈카 두목이 불쑥 이렇게 말을 꺼낸 것은 이틀째 밤이었다. 목욕을 막 끝낸 두목은 흰색 타월 가운을 입었는데, 벌어진 옷깃 사이로 문신이 보였다.

“나는 아홉 살 때, 초등학교에서 쫓겨난 기라. 수업 중에 선생님한테 가위를 돌려줄 때—기억은 잘 안 나지만—잘못해서 칼날 부분을 내밀었던 모양인 기라. 선생님이 그걸 잡았는데, 까딱하다 나는 그만 세게 잡아당기고 말았제. 선생님은 손바닥에 가벼운 상처를 입은 거뿐이지만, 나는 그 자리에서 퇴학 처분이 된 기라. 뭐, 종전 직후의 시골이다 보니 감당하기 힘든 아이를 학교에서 내쫓을라카믄, 간단히 그럴 수 있는 이야기였겠제.”

두목은 아주 조용한 목소리로 들려주었다.

“난, 곧바로 집에는 갈 수 없었제. 저녁때꺼정 작은 시골 동네를 헤매다가, 사방이 컴컴해져도 일부러 쓸데없이 시간을 들여 집까지 논두렁길을 걸었제. 아버지가 화내는 게 무서웠던 기라. 그리고 아니나 다를까, 아버지는 노발대발한 기라. 현관에 들어서자마자, 나는 기절할 만큼 억세게 얻어맞았제. 의식이 돌아왔는데, 벽장 안에 처박혀

154

있는 기라. 이불에 둘둘 말려, 아버지 허리띠로 묶인 채로. 겁나게 무섭더구마. 벽장 안은 깜깜하제, 몸을 움직일 수도 없제, 공기도 모자라는 느낌이었응께. 엄청스리 긴 밤이었제. 나는 몇 번이고 오줌을 싼 기라. 새벽에 누나가 와서 날 풀어주면서, 이 집에 있다간 아버지 손에 죽는다, 어서 도망가, 하더구먼. 그래서, 아홉 살에 집을 나온 기라. 아버지와 누나를 만난 거는 그때가 마지막이었제."

이야기하면서 두목은 내 눈을 물끄러미 응시했다. 그것은 묘하게 호감이 가는, 심지어 지성(知性)이 느껴지는 시선이었다.

"나는 마을을 나와 먹을 걸 훔치면서, 3년간 마치 들개처럼 방랑을 계속했제. 그리고 야쿠자 세계에 들어가는 것 말고는 나한테 살아남을 길은 없다고 깨달은 기라. 여러 조직을 전전하면서 십대 후반을 보제. 소년원에도 세 번 신세를 졌구마. 스무 살 이후의 인생 대부분을, 나는 형무소에서 보낸 기라. 형무소에는 5년하고 7개월, 2년하고 9개월, 그리고 8년하고 4개월, 통틀어 세 번 들어갔제. 처음 두 번은 조직원을 지키기 위해 들어갔지만, 세번째는 내가 실제로 저지른 죄 때문에 수감됐제."

그는 가볍게 미소 짓고, 짬을 두었다.

“형무소에서는 여러 놈들과 친구가 되었고, 나올 때, 난 내 조직을 만들어야겠다고 결심했제. 세 차례의 형무소 생활에서 알게 된 자들이 자연스레 내 주변에 모여들었고, 그게 가이즈카 조직의 출발이 된 기라.”

조직의 비서는 사무실의 커다란 책상 뒤에서 얼추 수백만은 될 듯한 지폐 다발을 세고 있었다. 이따금 1만 엔권을 세는 손을 쉬고는, 거의 무표정으로 민둥머리의 뒤통수를 손바닥으로 문질렀다. 그의 뒷벽에는 조직도가 있고, 대여섯 단에 걸쳐 조직원의 이름이 순위에 따라 나열되었는데, 검은 글씨 가운데 군데군데 빨간 글씨로 씌어진 이름도 눈에 띄었다.

“빨간 글씨는 형무소에 들어가 있는 녀석들 이름이제” 하고 가이즈카 두목은 사흘째 아침에 우리에게 설명했다.

사무실 한쪽 벽에 〈가이즈카 조직〉이라 적힌 기다란 초롱이 늘어서 있었다. 하지만 방 안의 가장 큰 특징은 무지막지한 크기의 텔레비전이었다. 텔레비전 위에는 방범 카메라의 작은 모니터 두 대 사이에 커다란 상아가 하나 놓여 있었다. 세상에 이처럼 어마어마한 텔레비전이 존재한다는 걸 나는 미처 몰랐다. 어느 정도냐 하면, 근처 노인들을 위한 영화관으로 사용했으면 싶은 크기의 텔레비전이었다. 그러나 그 화면에는 언제나 노인용이 아닌, 야쿠자 영화 비디오가 상영되었다. 그리고 조직원들은 온종일 텔레비전 앞에 앉아 담배를 피우거나, 실눈을 뜨고 있거나, 바짝 마른 입술을 혀로 핥거나 살짝 깨물면서, 진지한 표정으로 그걸 들여다보았다.

나흘째 아침에 비로소 카메라 촬영을 허락받았다. 그때까지 거의 동면 상태에 빠져 있던 장 사리스라프는 갑자기 본래의 기운을 되찾아, 스태프들에게 척척 지시를 내리기 시작했다. 그날도 가랑눈이 내리고, 바깥에서 사무실 외관을 찍고 있는데, 그는—마치 어린애 같은 순수함으로—물기 머금은 눈을 손바닥으로 받고 있었다.

"지금부턴 골프 연습이네. 그걸 우선 찍어보드라고" 하면서, 가이즈카 두목은 우리에게 옥상에 올라가도록 명했다.

옥상에 와보니, 작은 골프 연습장이 설치되어 있었다. 안쪽에 있어서 아래의 거리에선 눈에 띄지 않았지만 사방에 커다란 녹색 네트가 쳐져 있고, 금테 선글라스(그는 날씨와는 상관없이, 어딜 가든 그걸 챙겼다)를 낀 가이즈카 두목은 그 안에서 스윙 연습을 하고 있었다. 공 하나를 치면 부하 한 사람이 곧바로 다음 공을 놓고, 두목은 다시 그 걸 쳤다. 나는 골프에 대해선 아는 게 없지만, 힘도 있고 유연성도 갖춘 스윙이었다. 공은 번개 같은 기세로 10미 터 정도 앞의 네트에 맞아 떨어졌다. 네트 맞은편으로 커 다란 묘지가 보이고, 두목은 한 시간 이상, 가랑눈 속에서 빼곡히 늘어선 묘비를 향해 하얀 공을 계속 쳤다.

"여기엔 조직원도 몇 사람 잠들어 있제." 연습을 끝낸 두목은 부하로부터 흰 타월을 받아 들고 얼굴의 땀을 닦으 면서 말했다.

"이 세계에 들어오면, 언제 죽을지 알 수 없는 기지. 그 래서 우린 언제든지 죽을 각오는 되어 있지. 그렇다 해도, 헛되이 죽어선 안 되는 기라. 이건 우리의 룰이여. 헛된 죽 음이라카는 걸 말로 설명하기는 좀 어렵지만, 그냥 한마디 로 하자면, 자신이 일으킨 개인적인 문제 때문에 죽임을 당하는 걸 말하는 기라. 하지만 조직을 위해서라카믄, 우 리는 언제든지 죽어도 좋다고 생각하제." 그는 골프채를 정돈하면서 띄엄띄엄 말했다.

밤에, 조직원들과 함께 도톤보리(道頓堀)로 나갔다. 그 들은 다섯 대의 벤츠에 탔고, 우리는 기재를 실은 트럭으 로 그 뒤를 따랐다. 목적지에 닿을 때까지 그들의 차는 여태 본 적 없는 방식으로 질주했다. 넉 대의 검은 벤츠로 두 목의 흰색 벤츠를 항상 에워싸듯이 해서, 눈으로 질퍽한 도로를 무서운 속도로 달린다. 그런 태세를 갖추기 위해 그들은 말할 필요 없이, 상당히 무리한 운전을 했다. 신호는 무시했고, 다른 차를 앞지르거나 급브레이크를 밟기도 했다.

카메라맨인 마쓰타니(松谷) 씨는 트럭의 선루프까지 몸을 내밀어, 그 모습을 낱낱이 찍고 있었다. 열린 지붕으로 밤의 냉기와 함께 눈이 차 안으로 날아들었다. 마치 영화 속 세계 같다. 나는 교코의 어머니가 한 말을 떠올리고, 절로 미소 짓고 말았다.

도톤보리에서는 먼저 불고깃집에 들어갔다. 테이블을 사이에 두고 나는 우연찮게 가이즈카 두목 앞에 앉게 되었다. 젓가락으로 불판 위에 갈비를 펼쳐놓으며, 그는 내게 말을 걸었다. "자넨, 교토의 대학에서 무얼 공부하나?"

"국문학을 하고 있습니다. 특히 근현대 문학입니다" 하고 나는 고지식하게 대답했다.

"국문학이라카믄 일본 문학 말인가?" 하고 두목은 고기가 익는 걸 확인하면서 물었다.

나는 끄덕였다.

"문학이라카는 거는, 대학에서 공부하는 게 아니잖나? 나는 형무소에서 상당한 양의 책을 읽었는데, 대학에서 문학을 공부한 사람이 쓴 책을 읽지는 않았제. 자네가 문학을 공부하고 싶다카믄, 먼저 인생의, 사회의 여러 측면을 봐야 하는 기지. 인간이 갖고 있는 추한 부분도 일부러 찾아서, 자세히 들여다봐야 하는 기지. 세상의 그런 부분을 직시해야 비로소, 사물의 진짜배기 아름다움을 알 수 있구마." 이렇게 말하면서 두목은 고기를 천천히 씹고, 나를 지그시 보았다.

클럽으로 자리를 옮겼다. 안으로 들어가자, 열 명 남짓한 여성이 무대 위에서 춤추고 있었다. 여자들은 상반신이 알몸으로, 리듬에 맞춰 다양한 모양과 다양한 크기의 젖가슴을 좌우로 흔들고 있었다. 무대 왼쪽의 길쭉한 테이블로 안내되자, 여성 몇몇이 무리에 섞였다. 위스키를 한 모금 마시고, 나는 마치 새끼 고양이처럼 내 곁에 슬쩍 다가붙은 한 사람에게 말을 걸어보았지만, 일본어는 전혀 통하지 않는 것 같았다.

"우리가 한국 사람이 경영하는 가게에 오는 데에는 까닭이 있제" 하고 한 조직원이 내게 말했다.

"뭐, 첫째 이유는 일본 사람이 하는 가게에는 좀처럼 들어갈 수 없다는 것이제. 제대로 돈을 내는데도 우리는 손님으로서 별로 환영을 못 받는다 아이가. 그러나 또 한 가지 이유는, 말 때문인 기라. 여기서 일하는 언니들은—방금 자네도 알다시피—그다지 일본어가 능숙하지 못하제. 세세한 이야기까지는 알아들을 수 없는 기라, 사업 이야기를 하기는 편한 기지" 하고 그는 설명했다.

그 클럽에서 한 시간가량 촬영했다. 무대 위에서는 벌거벗은 여성들이 박력 넘치는 쇼를 연출하고 있었다. 가이즈카 두목은 까만 금테 선글라스를 낀 채, 물 섞은 위스키를 홀짝이며 마시고 있었다. 그는 한 시간 남짓 누구와도 이야기하지 않았다. 그리고 대뜸—아무런 예고도 없이—자리에서 일어나, "자아, 다음 가게로 가지" 하고 출구 쪽으로 향했다.

마지막으로 가라오케에서 우리는 다시 한 테이블에 모였다. 내 옆에는 고릴라 같은 체격의 거대한 사내가 앉았다.

마이크를 제일 먼저 잡은 건 민둥머리 비서였다. 자기도취된 멍청한 그 표정을 봐서는, 그가 아주 열심히 노래하고 있음을 의심할 여지는 없었지만, 노래 솜씨는 믿기지 않을 만큼 서툴렀다. 단순한 음치 정도가 아니었다. 목소리가 지나치게 크고, 감탄할 만치 리듬 감각이 부족했다.

그의 그런 모습을 차마 보다 못해, 가게의 도우미 여성이 마이크를 하나 더 손에 들고 그를 부드럽게 정상 궤도로 되돌리려 애썼지만, 그는 그걸 퉁명스럽게 거부하고 혼자 계속 노래 불렀다. 그 노래 지옥은 한 시간 반이나 이어졌다.

그러는 사이, **옆 자리**의 고릴라 사내는 내게 연신 영문을 알 수 없는 이야기를 했다. 예전에 프로 레슬링 챔피언이었는데 지금은 이 세계에서 보디가드 일을 하고 있다, 가이즈카 두목에게 반해 이 조직에 들어왔고, **두목을 위해서라카믄, 언제 죽어도 괜찮은 기라** 하고 그는 내게 털어놓았다.

나는 적당히 맞장구를 치면서 위스키를 마시고 있었는데, 그런 고백을 하다가 그는 갑자기 흥분한 나머지, 주먹으로 자신의 얼굴을 때리기 시작했다.

"어때, 굉장하제? 아무리 때려도, 난 절대 안 쓰러진다 아이가. 프로 레슬링을 할 때, 한 시합 내내 얻어맞았지만, 절대 안 쓰러졌지. 어이, 직접 한번 때려봐" 하고, 그는 내 손을 잡고 때리게 했지만 나는, 사양하겠습니다, 하고 거절했다.

한 방에 소가 즉사하고 말듯한 강력한 펀치였으나, 그

는 감각이라는 걸 도통 모르는 양 자신의 얼굴을 연신 계속해서 때렸다. 보는 것만으로도 어쩐지 통증으로 절로 욱신거렸다. 나는 견디다 못해, 남은 위스키를 단숨에 비우고 말았다.

한밤중 세 시 조금 지나 그 가게를 나왔다. 벤츠는 돌아갈 때도 영화처럼 내달렸다. 덩달아 흔들려, 내 머리가 약간 혼란스러워졌다. 가슴을 드러낸 채 춤추는 여성들의 모습, **일본인 경영자가 우릴 안 받아주니까레 여기서 노는 거제** 하면서 장황스레 설명하는 조직원 목소리, 자신의 얼굴을 거침없이 마구 때리는 고릴라 사내의 멍청한 표정 등, 온갖 이미지가 잇달아 되살아나 내 머릿속에서 빙글빙글 돌고 있었다. 그리고 그뒤로 비서의 서툰 노래가, 마치 집요한 주문(呪文)처럼 언제까지나 이어지고 있었다.

문신을 구경했다. 다다미 열 장 정도의 너른 방 한가운데 하얀 이불이 깔려 있고, 그 바로 위 천장에 큼직한 거울이 붙어 있었다. 우키요에(浮世繪, 풍속화―옮긴이) 비슷한 무늬가 그려진 오래된 일본 종이 위에 작은 기계가 놓여 있고, 그 옆에 물감이 담긴 하얀 도기 그릇이 나란히 있었다.

방에 들어갔을 때, 쉰 살 안팎의 남자가 정좌한 채로 그 물건들을 조용히 정리하고 있었다. 사실, 이 남자는 매일같이 조직의 사무실을 찾아왔다. 그러나 그는 늘 곧장 2층으로 올라가, 몇 시간 뒤, 누구와도 말 한마디 없이 그냥 나갔다. 정말이지 수수께끼의 인물이었다.

조직원 대부분이 그랬던 것처럼 그는 양손의 새끼손가락이 **잘려 있었다**. 하지만 그의 경우, 얼굴이 한층 특별났다. 그의 눈썹은 이상하리만큼 굵은 데다, 완벽에 가깝게 똑바른 수평선을 그리고 있었다. 마치 자(尺)를 대고 매직으로 진짜 눈썹 위에 굵은 선을 두 줄 그어놓은 것 같았다.

그날, 비서의 문신 촬영을 계기로, 비로소 그가 조직의 문신사라는 것, 수수께끼의 눈썹이 실은 문신이었다는 걸 알았다.

"문신이란, 무엇보다도 통증에 대해 얼마만큼 용기를 낼 수 있느냐, 얼마만큼 참을 수 있느냐를 시험하는 시련이라고 나는 생각하네. 옛사람들은 문신을 가리켜 **참을성 새기기**라고 불렀을 정도니까" 하고 그는 이불 뒤로 옮겨가, 작은 도기 그릇을 늘어놓으며 말했다. 그것이 끝나자, 기계의 코드를 콘센트에 꽂았다.

비서가 허리에 흰색 **훈도시**(남성의 음부를 가리기 위한 폭이 좁고 긴 천—옮긴이)만 두른 모습으로 방에 들어왔다. 얼굴과 목, 그리고 두 손 두 발을 제외하면, 그의 몸은 구석구석 색깔 선명한 문신으로 뒤덮여 있었다. 문신사에게 머리를 가볍게 숙여 인사하고, 그는 이불 위에 반듯이 누웠다.

문신사는 수수께끼 같은 작은 기계를 손에 들고 우리에게 보여주었다. "옛사람들은, 소위 **손 새기기**로 문신을 새겼지. 나는 이 기계를 10여 년 전에 개발했네. 끝부분에 바늘이 달려 있어, 재봉틀과 똑같은 방식으로 움직이게 되지." 그는 오른손으로 기계를 잡은 채, 왼손을 비서의 가슴 위에 올려놓았다. 그리고 마치 환자를 진찰하는 의사 같은 자세로, 비서의 몸을 조용히 바라보았다.

오랜 침묵이 이어졌다. 문신사는 이윽고 왼손에 얼룩진 타월을 들고, 작은 기계의 끝부분에 물감을 묻히고 나서 스위치를 켰다. 나직한 엔진 소리가 침묵을 깼다. 묘한 울림이 지속되는 금속성이었다. 문신사는 비서의 가슴에 기계로 문신을 새기기 시작했다.

"지금 나는, 맨 처음에 먹으로 그린 무늬에다 색칠하는 작업을 하고 있네. 기본적으로는 열네 가지 색을 사용하지만, 최종적으로 문신의 색깔을 만드는 건 어디까지나 사람의 피부 그 자체지. 문신의 어려운 점이, 바로 이거라네. 즉 완전히 똑같은 색을 써도, 상대의 그날그날의 몸 상태에 따라, 상처가 나은 다음 완성되는 색깔은 미묘하게 달라질 수 있으니까. 그래서 상대를 보고, 오늘은 열이 조금 있으니까 연한 색을 사용해야겠다, 혹은 피로해 보이니 색을 좀 진하게 하는 게 좋겠다, 이런 걸 항상 생각하면서 작업을 하고 있지."

그는 마치 교육방송의 「문신강좌」라도 녹화하는 듯한 담담한 어조로 이렇게 설명했다. 그러는 동안, 얼굴을 한 번도 들지 않고, 가슴 위의 꽃잎에 계속 물감을 칠했다. 이따금 기계를 잡은 오른손을 쉬고, 물감 아래로 살짝 배어 나온 핏방울을 왼손의 얼룩진 타월로 닦아냈다.

비서는 가만히 호흡을 하면서 천장의 거울에 비치는 자신의 모습을 보고 있었다. 가슴 위의 꽃잎과 물감을 칠하는 문신사의 손은, 그 조용한 호흡에 맞춰 아래위로 움직였다. 비서는 거의 눈도 깜박이지 않고, 거울 속 또 한 사람의 자신을 물끄러미 노려보고 있었다. 그 표정은 가라오케에서의 멍청한 표정과는 영 딴판이었다. 그는 상당한 통증을 견디고 있으면서도, 전혀 표정을 바꾸지 않았다.

모든 게 끝나자, 그는 아무 일 없었다는 듯이 조용히 일어나, 말없이 문신사에게 머리를 숙이고, 방을 나갔다. 스태프가 기재를 챙기고 따라 나간 뒤에도 나는 방에 남아, 문신사와 이런저런 얘기를 나눴다. 그는 검은 먹으로 무늬가 그려진 일본 종이 다발을 들어, 그중 몇 장을 이불 위에 펼쳐 보였다. 거기엔 호랑이, 뱀, 용, 모란꽃, 사무라이 등, 온갖 모양이 그려져 있었다.

"문신이, 정말로 그렇게 아픈가요?" 나는 얼결에 물었다.

문신사는 아무 대답도 하지 않았다. 그리고 깜짝 놀랄 만큼 재빨리 내 오른손을 낚아채어, 바로 그 위에 작은 기계를 갖다 댔다. 나는 내 손을 잡아 빼려 했으나, 그의 놀라운 힘에 짓눌리고 말았다.

"걱정 마. 바늘에 물감을 묻히지 않으면, 문신이 안 돼. 생채기 난 것처럼 이삼 일 만에 낫는다네" 하고, 그는 전원 스위치를 켰다. 기계의 묘한 소리가 또다시 방에 흘렀다.

그는 1분 남짓 내 엄지손가락 죽지를 팠다. 바늘은 아찔한 속도로 움직여, 내 피부 밑을 파고들었다. 나는 무엇에 홀린 듯 그걸 보았다. 가끔 작은 핏방울이 툭 배어나왔지만, 생각보다 아프지는 않았다. 문신사는 그제야 작은 기계를 멈췄다.

"생각만큼 아프지는 않은데요" 하고 나는 말했다.

그는 미소 지었다. "자넨 긴장을 하고 있었으니, 별로 통증은 못 느꼈겠지. 그리고 방금 1분 정도밖에 안 했으니까. 하지만 한 작품이 완성되기까지 수백 시간은 걸리지. 한두 해 동안 매일 다니는 사람이 있을 정도라네. 매일 한 시간 남짓 그 통증을 견딘다는 거, 그건 또 이야기가 달라. 한데 30분 후면, 자네 피부는 차츰 따끔따끔해질 걸세. 그런 건 예사니까, 신경 쓸 것 없어. 진짜 통증은 나중에 온다는 말이네."

문신사는 일어섰다.

"그럼, 아직 일이 남았으니까, 이만 실례하겠네. 혹시 문신을 하고 싶거든 연락하게나" 하면서 내게 작은 명함을 건네고, 방을 나갔다.

나는 다다미 위에서 책상다리를 한 채, 잠시 생각에 잠겼다. 방 안은 아주 조용했다. 한 번 더 하얀 이불, 무늬 다발, 작은 기계, 그리고 물감이 담긴 하얀 그릇을 차례로 보았다. 그런 것들을 거듭 둘러봐도, 시커먼 눈썹의 문신사와 온몸에 지옥 그림이 그려진 비서, 내 손에 무수한 구멍을 파들어가는 작은 기계 등, 여기서 일어난 일련의 일들이 점점 믿기지 않게 되었다.

나는 막연히 천장을 올려다보았다. 거울은 아까와 똑같

은 위치에서 방을 내려다보고 있었다. 그런데 거울 속에
는 비서의 모습이 아닌, 수염 덥수룩한 서양 남자가 비치
고 있었다. 그게 나 자신이라는 걸 알기까지, 꽤 시간이
걸렸다.

거울에 비친 나 자신의 모습을 보고, 어떤 사실을 깨달
았다. 이곳에 온 뒤로, 조직의 사람들은 우리를 **가이진**이라
는 식으로 대한 적이 한 번도 없었다. 사람을 볼 때, 그들
은 **친구인가 적인가**라는 단순 명쾌한 구별만이 있었고, 그
들의 신뢰를 얻기 위해 우리는 밤샘을 되풀이하며 함께 술
을 마시거나 담배를 피우고 이야기를 나누었는데, 그럴 때
도 일본인인가 외국인인가, 이렇게 구분짓는 기색을 한 번
도 보이지 않았다. 물론 그들은 우리를 일본인으로서 대하
지도 않았다. 그러나 동시에, 이상한 **가이진 취급**도 하지
않았다. 그런 구분은 그들에게 있어, 그리 중요하지 않은
것 같았다. 그뿐이었다.

가이진이라는 사실을 항상 의식당하는 교토 특유의 공기에
비하자면, 이것은 참으로 마음을 편안하게 했다. 이런 공
간에 잠시 젖어 있었던 탓인지, 나는 그러한 문제를 까맣
게 잊을 수 있었다. 한 걸음 더 나아가 말하자면, 나는 나
자신의 외견까지 완전히 잊고 있었다. 천장의 거울에 비친

나 자신의 모습을 보고 깜짝 놀란 것도 이 때문이었다.

무늬를 손에 들고, 한 장 한 장 천천히 보았다. 갈데없는 슬픔과 분노가, 전부터 나 자신 속에 쌓여 있었음을 깨달았다. 굉장히 불편한 기분이었다. 우울하고 씁쓸한 무언가가 위장 밑바닥에서 서서히 치밀어 올랐다. 막연한 불쾌감의 정체를 알아내기까지, 역시 상당한 시간이 필요했다.

그리고 나는 떠올렸다. 작은 가시처럼 마음을 찔러, 사소하나마 나 자신 속에 뭐라 말하기 힘든 씁쓸한 뒷맛을 남긴 여러 가지 일들을. 그때까지는 별로 의식하지 않았지만, 거울 속 자신을 발견했을 때, 생생하게 되살아난 온갖 기억을.

사람이 사람을 외견으로 구별하는 도시 특유의 분위기, 수학여행 온 성가신 학생들, 멍청한 샐러리맨, 일본의 마음의 행방을 염려하던 술 취한 아저씨, 쩨쩨한 가이세키 요리, 돈까스 가게 주인, 사람들의 수상쩍은 시선 등등.

그것은 더없이 시시한 일들의 축적에 불과했으나 문신하는 방에 앉아 있으니, 그런 것들에 대해 나 자신이 어지간히 여유를 잃어버리고 말았다는 사실을 깨달았다.

무늬를 이불 위에 놓았다. 방은 여전히 조용했다. 문신사의 예언대로, 내 오른손이 따끔따끔해졌다. 하지만 그건

전혀 신경 쓰이지 않았다. 나는 생각했다. 교코가 미치도
록 보고 싶다. 그러나 그 도시에는 두 번 다시 되돌아가고
싶지 않다, 라고.

제4장

결국, 며칠 뒤 교토로 돌아오게 되었다. 장 사리스라프는 이제부터 규슈의 또 다른 조직을 취재할 것이니 같이 가자고 부탁했지만, 졸업 논문을 더 이상 방치할 수는 없다고 판단하여, 돌아가기로 했다.

교코를 만나고 싶었다.

가이즈카 조직에서 보낸 마지막 날, 남자들은 아침 일찍 일어나 사무실 앞 도로에 드럼통을 늘어놓고, 그 안에 모닥불을 피웠다. 그리고 훈도시에 머리띠뿐인 거의 알몸뚱이 모습으로 한데 모여, 떡 치기 대회를 열었다. 모두와 헤어질 때, 배웅도 없었고 특별한 인사도 없었다. 떡 치기

대회에는 조직원의 가족도 참가했는데, 아이한테서 떡을 두 개 받았을 뿐이었다. 나는 배낭을 메고 지하철역까지 걸었다.

지하철은 그리 붐비지 않았다. 하지만 나는 얼마 안 있어 주위 사람에 대해 말할 수 없이 위화감을 느끼기 시작했다. 마치 처음으로 좌식 화장실을 사용하면서, 어느 방향에 쭈그리고 앉아야 할지, 어디까지 바지를 내려야 할지 도통 알 수 없는, 그런 위화감이었다. 전차에 흔들리면서 샐러리맨은 다들 똑같은 모양과 똑같은 색깔의 트렌치코트와 양복을 걸치고, 똑같은 시선으로 스포츠 신문이나 만화책을 읽고 있었다. 감색 교복에 버버리 머플러를 두른 여고생은 여고생답게 수다를 떨며, 여느 때처럼 아침을 맞이하고 있었다.

그리고 다들, 빠짐없이 열 손가락을 갖추고 있었다. 곧바로 깨닫지는 못했으나, 내가 위화감을 품은 것은 다름 아닌, 이처럼 너무나 당연한 사실에 대해서였다.

조직원들은 모두, 손가락이 하나 혹은 둘씩 잘려 있었는데, 나는 어느 틈에 이에 완전히 익숙해져 있었다. 그 결과, 지하철의 승객을 보고 있으니 나는 거꾸로, 그렇게 **많은 손가락**에 깜짝 놀라고 말았다. 인간의 상식이란 — 마치 뛰어난 적응력을 지닌 동물처럼—무한한 가능성을 내포하면서, 환경의 변화에 따라 항상 재구축되어가는 신기한 생물이다.

오랫동안 비워둔 하숙방은 냉골이었다. 참치용 냉동실에 1년간 넣어둔 대리석 덩어리를 연상시키는 느낌이었다. 어쩐지 실수로 남의 방에 들어온 듯한 기분이어서, 나는 잠시 서먹서먹했다. 실내 온도가 바깥 기온보다 낮으면, 역시 **돌아왔다**는 실감이 제대로 나지 않는 법이다. 자동 응답기의 램프는 미친 듯이 점멸하고 있었지만, 메시지를 듣지 않고 삭제 버튼을 눌렀다. 그리고 전원 스위치를 켜고, 고타쓰에 들어갔다.

수화기 코드를 힘껏 잡아당겨, 고타쓰 안에서 교코의 번호를 눌렀다.

"아직 살아 있었어요?" 그녀가 바로 받았다.

"도무지 연락이 없어, 우린 걱정했어요" 하고 적이 나무라듯 말했다.

"정말 미안해. 하지만 진짜 정신이 하나도 없었거든. 바빠서 시간이 눈 깜짝할 새 지나고 말았어. 마치 딴 혹성으로 날려가버린 것처럼 말야."

그녀는 가벼운 한숨을 쉬었다.

"뭐, 할 수 없죠. 아무튼 무사해서 다행이에요."

나는 아무 말 하지 않았다.

"그래, 잠시 책의 세계에서 벗어나보니, 어땠어요?" 하고 그녀는 장난스레 물었다.

"글쎄, 이런저런 일이 있었고, 여러 가지로 공부가 되었어. 뭔가에 엄청 감격하거나 감동받는 일은 특별히 없었지만, 아무튼 굉장히 충실한 시간이었어" 하고 되도록 성실히 대답했다.

짧은 침묵이 이어졌다.

"참, 설날은 어떻게 보낼 거죠?"

"이제 막 돌아온 참이라, 아직 아무 생각도 못한걸."

"우리 집에 와서, **니시메**라도 먹으면서 그 취재 이야기를 들려줘요."

"니시메?"

"간사이에서는 명절 요리를 그렇게 불러요."

"그렇군. 좋아, 연초에 낼 리포트만 해치우면, 난 한가해. 리포트는 그믐날 밤에 쓸 작정이니까, 방해가 되지 않는다면 설날에 바로 방문하겠어." 오랜만에 교코와 이야기하고 있으니, 까닭 없이 기분이 밝아졌다.

"바보, 방해될 리 없잖아요. 엄마도 틀림없이 기대하실 거예요" 하고 그녀도 기쁜 듯이 말했다.

"그럼, 기대하고 갈게." 무슨 말을 덧붙이고 싶었지만, 단어가 제대로 떠오르지 않았다.

나도 기대할게요 하고, 교코는 전화를 끊었다.

나는 미소 지으며 고타쓰 안에서 일어나, 수화기를 바로 놓았다.

그리고 남극에서 월동해도 좋을 만큼 두툼하게 껴입고, 밑으로 내려갔다. 취사장도 냉랭했다. 다른 학생들은 다들 집으로 돌아간 듯, 하숙은 엄청 조용했다. 취사장의 고물 냉장고 위에 쌓여 있는 우편물을 훑어보았지만, 나한테 온 것은 없었다. 요 몇 주간, 나는 세상일을 완전히 잊고 있었고, 세상 또한 나의 존재를 완전히 잊고 있었다. 세상과 나의 관계란, 가끔씩 그러한 관계이다.

하숙집은 탄성이 나올 정도로 지저분했다. 빨래를 너는 공터 같은 안뜰에는 누군가가 쓸모없어진 낡은 가구를 내다버렸고, 계절과 무관한 풀은 땅이 안 보이도록 무성했다. 취사장에는 지저분한 식기와 정체불명의 잔반이 수북했고, 좌식 화장실의 변기는 **똥**투성이였다. 취사장, 화장실, 안뜰 등, 1층에 있는 각각의 공간을 빠져나가자, 온갖 잡동사니가 눈에 들어오고, 악취가 코를 찔렀다.

맙소사. 나는 곧 대청소에 착수했다.

가구를 마당 한구석에 모으고, 녹슬고 무딘 식칼로 풀을 베었다(식칼로 풀베기란 상당히 힘든 작업이지만). 그것이 끝나자, 일종의 예술성을 띠고 어지러이 흩어져 있는 쓰레기를 처리하고, 식기를 씻고, 화장실에 물을 잔뜩 뿌려 씻어냈다. 일본 남자들이 이런 화장실을 죽어라 청소도 않은 채, 오늘도 내일도 기꺼이 사용하는 것은, 내게 수수께끼로 가득 찬 동양의 땅에서도 최대의 수수께끼였다.

마지막으로 취재하는 동안 입었던 옷을 세탁했다. 탈수할 때, 고물 세탁기는 언제나 덜커덩덜커덩 무서운 소리를 냈다. 마치 빨래통 안에 옷과 함께 장작을 던져넣은 듯한 소리였다.

안뜰의 장대에 빨래를 널고 나서, 오랜만에 목욕탕에 가기로 했다. 가는 길에, 마침 기다렸다는 듯이 또 언짢은 일이 생겼다. 세면 그릇을 안고 산조 거리를 건널 때, 빨간 신호에서 멈춘 바이크 아저씨가 말을 걸었다.

"오―유―, 센토와('목욕탕은'이라는 뜻―옮긴이) 오케―? 핫하하하." 예의 양키 몽키 토크다.

나는 참다못해, 목청을 높였다.

"그렇구마. 미안하게 됐지만, 가이진도 가끔씩은 몸을 씻제. 목욕탕은 널찍하고, 몇 번을 탕에 들어가도 가격은 한 가지. 끝나면 20엔으로 마사지 의자에 10분쯤 앉을 수도 있제. 최고 아이가. 당신도 가끔 들어가보쇼."

아저씨는 얼떨떨한 표정을 짓고, 신호가 아직 파란색으로 바뀌지 않은 것도 모른 채, 도망치듯 내달렸다.

맙소사. 인류가 달 표면을 밟거나 베를린 장벽이 붕괴되거나, 이 도시 사람들의 의식은 아무리 시간이 흘러도 끄떡도 않는 것일까.

그믐날 밤은 고요했다.

석유 스토브를 켜고 고타쓰에 들어가, 리포트를 썼다. 스토브의 옅은 빛에 비쳐진 방은 조금씩 환상적인 빛깔로 물들어갔다. 드물게도, 리포트의 주제는 상당히 흥미로웠다. 작품 속의 다양한 언급을 단서로, 나쓰메 소세키의 소설 「마음」에 등장하는 '선생님'의 나이를 추정하는 문제였다.

그래서 한 해의 마지막 그 고요한 밤, 나는 신장 2.7밀리미터의 소형 탐정으로 변신해, 오래전 진보초에서 산 「마음」의 복각본 속으로 파고들어가, 메이지 말기의 다양한 장소를 헤매면서 문학적 탐색을 실시했다. 때때로 방의 현실로 돌아와, 시험 삼아 텔레비전 스위치를 켜고 채널을 돌려보았지만, 어디고 할 것 없이 똑같이 시시한 프로그램을 하고 있었다. 나는 한숨을 쉬고, 텔레비전을 껐다. 이렇게 사흘이나 더 계속된다고 생각하니, 적이 한심한 기분이 들었다.

치온인 쪽에서 제야의 종소리가 울렸다. 묘하게 쓸쓸한 음색이었다. 하지만 나는 그 쓸쓸한 음색을 아주 순순히 받아들일 수 있었다. 필시 그 안에 고요하고 따스한 무엇이 담겨 있는 듯한 느낌이 들어서였다. 시라카와를 따라 새해 첫 참배를 하러 가는 사람들의 웃음소리와 발소리가 들려왔다. 등유 냄새가 자욱해져, 창문을 열고 찬 공기를 들였다.

등장인물의 개인사와 다양한 시대 배경을 서로 대조해 보니, 리포트 문제는 비교적 간단히 알 수 있었다. 글을 정서하는 데에 시간이 걸려, 모든 게 끝난 것은 아침 7시 지나서였다.

다시 창문을 열자, 바깥은 이미 환했고 새해가 시작되고 있었다. 새해라는 것이 지닌 독특한 향기가—마치 이른 아침 항구에 밀려드는 갯바람처럼—방으로 흘러들어왔다.

나는 밑으로 내려가, 설날의 신선한 공기를 마시면서 오래도록 오줌을 누었다. 바지의 지퍼를 잠그고, 빨리 교코를 만나야지 생각했다. 전혀 피곤하지 않았고, 묘하게 머리도 맑았다. 그런데도 방으로 돌아와 일단 드러눕자, 다섯 시간 남짓 잠들고 말았다.

다시 취사장으로 내려가, 개수대의 찬물로 세수했다. 그때, 냉장고 위의 연하장 더미가 눈에 들어왔다. 연하장은 고무 밴드로 묶인 몇 개의 다발로 가지런히 나뉘어 있었다. 가장 얇은 다발이 나한테 온 거였다.

두꺼운 스웨터 위에 가죽점퍼를 껴입고, 미스터 도넛까지 걸었다. 설날의 도넛 가게는 엄청나게 붐볐다. 좁은 가게 안은 새해 참배를 마친 손님들로 빼곡하고, 노인이나 부자, 기모노 차림의 어린아이 등, 평소 그다지 마주치지 않는 사람들도 많이 있었다. 설날에 이런 장사는, 하늘에서 떨어져 내리는 만 엔짜리 지폐를 주워 세는 것보다 쉬운 일인지도 모른다.

도넛 네 개와 커피, 오렌지주스를 주문해, 나는 비어 있는 카운터 자리에 앉았다. 먼저 도넛 두 개를 먹고, 오렌지주스를 반쯤 마셨다. 그러고 나서, 나는 가죽점퍼 주머니에서 연하장 다발을 꺼냈다. 커피를 한 모금 마시고, 남은 도넛 두 개를 먹으면서 연하장을 한 장씩 읽어나갔다.

마지막 한 장은 교코가 보낸 거였다.

새해 복 많이 받으세요.

올해는 토끼 해는 아니지만,

스티비에게나, 당신에게나, 분명

멋진 한 해가 될 거예요.

올해도 부지런히 놀러 오세요.

멋진 두 여자가 기쁜 맘으로

기다리고 있답니다. 호호호……

물론 어머니의 글씨였지만, 문장은 틀림없는 교코의 것이었다. 나는 미소 지으며 연하장을 가죽점퍼 주머니에 넣고, 차가워진 커피를 마저 마시고 나서 가게를 나왔다.

"교코짱, 새해 안녕."

교코는 몇 주일 전에 비해 약간 야위어 보였다. 그녀의 찰랑거리는 검은 머리도 꽤 자랐다. 그녀는 청바지를 입고 노르웨이 풍 무늬가 놓인 스웨터를 입고 있었다. 그녀에게 무척 잘 어울렸지만, 그건 산타클로스의 비서가 입을 성싶은 무늬로, 이를테면 일본의 설날보다도 북유럽의 크리스마스를 연상시키는 스웨터였다. 아기 사슴이 오른편에서 왼편을 향해 달리는 가슴 언저리에는 봉긋한 선이 도드라졌다.

교코는 아무런 대답도 하지 않았다.

거실 한 귀퉁이에 플라스틱 바구니가 놓여 있었다. 그 안을 얼핏 들여다보니, 스티비는 안쪽에 웅크린 채, 편안하고 흡족한 표정으로 우리를 보고 있었다.

교코는 고타쓰에서 손을 꺼내, 내 얼굴을 더듬었다. 그리고 마치 정밀 기계 검사라도 하듯 꼼꼼하게, 가냘픈 손길로 내 관자놀이와 뺨, 입술을 천천히 차례로 어루만졌다. 너무나 부드럽고 순진한 손놀림이었다. 마지막으로 그녀는 검지손가락 끝을, 마치 그 도톰함을 확인이라도 하는 양 내 아랫입술에 갖다 댔다. 그리고 다음 순간, 그녀는 가볍게 훔치듯, 그때까지 말없이 손끝으로 매만지던 입술에 살짝 키스했다. "새해, 축하해요" 하고, 그녀는 미소 지으며 말했다.

식사를 시작한 것은 3시가 지나서였다. 약속대로 취재에 대한 이야기를 했다. 여러 가지 올망졸망한 요리 가운

데 좋아하는 음식을 젓가락 끝으로 고르는 작업에 온 신경
을 집중시키면서, 그 이야기에 귀 기울이는 교코의 모습은
여전히 신비롭고, 아름다웠다.

도중에 술이 나오고, 우리는 건배했다. 나는 권하는 대
로 작은 사기 잔에 두세 잔 마셨다. 스스로도 깜짝 놀랄 만
큼 혀 놀림이 빨라졌다. 가이즈카 두목의 유년 시절 이야
기를 듣고, 두 사람은 미간을 찡그리고 입술을 깨물었다.
반대로, 자신의 얼굴을 수박만 한 주먹으로 마구 때린 고
릴라 사내의 이야기를 하자, 그녀들은 소리내어 웃었다.

그런 이야기 도중에, 교코는 말없이 내 손을 찾았다. 하
지만 그녀가 내 손을 찾는 게 얼른 이해되지 않았다. 내 어
깨를 더듬어 만지고 나서 —마치 공항에서 몸수색을 하는
느낌으로— 그녀의 손바닥은 팔을 따라 내 손까지 내려
왔다. 고타쓰를 사이에 두고, 순간 어머니와 눈이 마주쳤
다. 그녀는 조금 쑥스러운 듯 미소 지었다. 그녀의 그런 눈
을 보는 건 처음이었다. 괜스레 두근두근거렸다. 하지만
금세, 그녀는 눈초리에 호의 어린 주름을 짓고, 보통 때의
얼굴로 돌아왔다.

교코는 내 손가락을 확인했다.

"다행이에요. 아직 제대로 붙어 있어서"라고 말하고, 그

녀는 웃었다.

나도 어머니도 웃었다.

"외부 사람의 손가락을 자르는 그런 흉내는 내지 않아" 하고 나는 말했다. 그리고 잠깐 생각한 다음, "아마도" 하고 덧붙였다.

"그런가. 시시해" 하고 교코는 정말로 시시하다는 표정으로 말하고, 내 손을 놓았다.

우리는 꽤 늦도록 마셨다. 그리고 셋 모두 상당히 취해 있었다. 나는 손목시계에 눈길을 주었다. 취기 탓으로 작은 바늘에 눈의 초점을 맞추기까지 조금 시간이 걸렸지만, 분명히 새벽 1시가 넘어 있었다.

"이제 그만 가봐야겠어" 하고, 나는 너무 오래 머문 듯한 느낌이 들어 말했다.

그러나 어머니는 내 팔에 가만히 손을 얹고, "벌써 많이 늦었으니까, 괜찮다면 자고 가도록 해요. 지금 감기라도 걸리면, 중요한 졸업 논문도 쓸 수 없잖아요" 하고 말했다.

"하지만……" 하고 말하려는데, 교코는 내 말을 가로막았다.

"사양할 것 없어요. 이불은 다 준비돼 있고, 숙박료는 식사비와 함께 확실하게 받을 거니까. 아니면 혹시, 두 여자와 한 지붕 밑에서 자는 게 두려운가요?" 하고 여느 때처럼 장난기 섞인 목소리로 덧붙였다.

고타쓰를 방구석으로 옮기고, 이불을 스티비의 바구니 옆에 깔고, 나는 작은 거실에서 자게 되었다. 홀로 이불 속에서, 환상적으로 환한 달빛에 감싸인 방을 둘러보았다. 래빗푸드를 아작아작 갉아 먹는 스티비의 작은 소리를 제외하면, 집은 비현실적인 고요함으로 가득 차 있었다.

몇 주일 계속된 흥분과 긴장에서 해방되어, 가이즈카 조직의 문신 방에서 느낀 그 불쾌감, 교토에는 두 번 다시 돌아가고 싶지 않다는 공포에 가까운 기분도 거짓말처럼 사라지고, 나는 편안한 도취에 젖어 있었다. 교코가 보낸 연하장을 떠올리고, 어슴푸레한 속에서 미소 지었다. 그래, 올해는 분명 멋진 해가 될 거야. 그리고 의식을 잃듯이, 나는 깊은 잠에 빠져들었다.

그러고 나서 얼마나 시간이 지났을까. 어떤 낌새로 꿈없는 잠에서 깨어났다. 의식은 몽롱한 채 몸을 뒤척이는데, 곁에 교코가 있었다.

그녀는 이불 속으로 몰래 들어와, 내 옆에 누워 있었다. 그녀는 알몸이었다.

나는 순간 꿈을 꾸고 있다고 생각했다. 하지만 얼굴 바로 가까이 있는, 비단처럼 묵직한 머리카락의 감촉, 그녀의 몸에서 따스한 온기와 더불어 전해지는, 바닐라와 선향이 섞인 듯한 여느 때의 향기는 현실의 것이었다. 나는 그녀의 등으로 팔을 둘러, 부드럽게 끌어안았다.

"깨웠나요?" 그녀는 내 귀에 대고 속삭였다.

"무슨 일인데?"

"좀 쓸쓸해서. 그래서 생각했어요. 만약 한 해의 첫날밤을 같이 보내면, 틀림없이 그후에도 많은 밤을 같이 지낼 수 있다고."

그녀는 두 손을 내밀어 손끝으로 내 얼굴을 찾아, 내 입술에 가볍게 키스했다.

"뭐, 밤의 요정이 꿈에 몰래 나타났다 생각하고, 다시 잠들면 돼요. 멋지지 않아요?"

"멋진 일이긴 한데, 알몸의 요정이 이렇게 가까이 있으면, 난 도저히 잠들 수 없는걸." 나는 침을 삼켰다.

그녀는 여기에는 대답 않고, 몸을 천천히 이불 아래쪽으로 미끄러뜨렸다. 그리고 아무런 예고도 없이, 발기된 내 페니스에 손을 뻗쳐, 조용히 애무하기 시작했다. 나는 터져나오는 기쁨과 황홀의 외침을 간신히 억누르고, 그녀

를 다시 내 쪽으로 끌어안으려 했다. 하지만 그녀는 여기
에 부드럽게 저항했다.

"엄마한테 들릴 테니까, 움직이면 안 돼요."

그녀는 내 복부를 따라, 아래로 내려갔다. 나는 눈을 감
은 채, 몇 시간 전과는 또 다른 각도로 그윽이 비쳐드는 달
빛이나 침묵에 감싸인 거실 따위를 잊고, 그녀의 손가락과
입술의 감촉에 매료되고 유혹당하며, 거스를 수 없는 흐름
에 몸을 내맡겼다. 그녀는 마침내 내 페니스를 입에 넣고,
나를 사정으로 이끌었다. 계곡의 흐름은 세차게 쏟아져,
항해할 수 없는 거친 바다로 변했다. 그리고 출렁대는 파
도가 다시 잔잔해질 때까지, 나는 영원히 지속되는 그 쾌
감에 흔들리다, 이윽고 작은 죽음을 맞았다.

짧은 설날 연휴가 끝나자, 나는 나 자신의 유학 생활 위
에 시커먼 구름처럼 덮쳐누르고 있던 졸업 논문에 몰두했
다. 매일 미친 듯이 공부에 몰입해감에 따라, 졸업 논문과
그 제출 날짜는 생활의 모든 면을 지배하고, 일종의 망상
으로까지 부풀어 올랐다.

처음 한동안, 나는 교코의 집을 계속 드나들었다. 거기
서 졸업 논문과 무관한 가이코 다케시나 무라카미 하루키

(村上春樹)의 소설을 그녀를 위해 낭독했다. 그러나 논문이 점점 신경 쓰여 낭독에 집중할 수 없게 되자, 결국 이것도 쉬고 말았다.

그 무렵, 자주 눈이 내렸다. 쌓이지 않은 채 촉촉이 젖은 눈이었다. 덕분에 하늘은 매일 낮게 깔린 우울한 잿빛 구름으로 뒤덮이고, 뼛속을 파고드는 도시 특유의 냉기가 하숙집 구석구석까지 스며들었다. 석유 스토브를 아무리 지펴도 방은 전혀 훈훈해지지 않아, 늘 추위를 느꼈다.

2월 중순의 밤이었다.

옆 창고에서는 여전히 시끌벅적한 마작 소리가 들려왔다. 책상 위에는 사전과 참고 문헌, 원고지와 문방구 등이 어지러이 널려, 마치 군대의 사령부에 놓인 전투장 모형 같았다.

나는 옆방에서 떠드는 녀석들에게 화를 내며, 책상 위 잡동사니 틈에서 귀마개를 찾았다. 귀마개는 『동의어 사전』 속에서 간신히 나왔다. 오랫동안 끼어 있었던 탓에 납작하게 짓눌려 괴상한 모양이 되었다. 원래의 노란색이 거의 못 알아보게 더러워진 걸 뭉쳐서, 귓속까지 깊숙이 찔러 넣었다. 뇌수까지는 아마도 몇 밀리미터 정도밖에 남지 않았으리라. 방은 조금씩 침묵으로 덮여갔다.

내게 있어 논문을 쓰는 일은 더없이 지루하고 무미건조한 작업이었다. 그럼에도 그 고통스런 작업의 필연성이나 의미를 묻지 않고, 매일 복잡한 논문과 에세이를 읽고 그 속에서 흥미로운 부분을 내 논문에 집어넣는 일에 힘을 쏟았다. 제출 마감까지 2주일도 채 남지 않았다. 초조와 불안의 나날을 보내고 있었다. 학교의 강의를 전부 빼먹고 아르바이트도 쉬고, 만년 이부자리가 깔린 무질서한 방에 틀어박혔다. 방은 엄청나게 불결한 공간이 되었고, 나는 그 안에서 위장 밑바닥에 자리잡은 막연한 통증과 집요한 어깨 결림을 견디며, 어떡하든 백 매의 논문을 완성시키려 애쓰고 있었다.

눈앞의 도코노마를 바라보며 나는 생각했다. 매일 이 방에 틀어박혀 산책도 하지 않고, 물건 사러 나가는 일도 전혀 없이, 오로지 논문에 코를 처박은 채 지내고 있다. 그러고 보니, 2주일 이상 교코도 만나지 못했다. 대체, 난 무엇 때문에 이런 바보 같은 짓을 하고 있는 걸까. 여기에 무슨 의미가 있단 말인가.

단어 하나가 나의 뇌리에 떠올랐다.

'인터렉추얼(지적〔知的〕) 마스터베이션'

이것은 몇 년 전 대학을 졸업한, 유럽의 옛 친구가 만든
단어였다.

초여름의 화창한 오후였다. 그는 몸을 망가뜨리며 2년여
에 걸쳐, 「괴테 문학에서의 죽음관(觀)」이라는 어려운 테
마로 석사 논문을 막 제출하고 난 참이었다. 대학 구내에
유럽 종교개혁가의 조각상이 늘어선 커다란 벽이 있어, 우
리는 그 앞 잔디밭 위에 드러누운 채, 높다란 단풍나무 가
지 사이를 오가는 다람쥐 한 마리를 눈으로 좇고 있었다.

논문을 무사히 제출하긴 해도, 친구는 정신적으로나 육
체적으로나 무척 지쳐 있었다. 얼굴에는 핏기가 없이 볼도
홀쭉해지고, 퀭한 눈 밑에는 거뭇거뭇 기미가 돋아 있었다.

"아아, 인터렉추얼 마스터베이션의 2년간이었어" 하고
그는 한숨을 크게 쉬면서 말했다.

"……." 재미있는 표현이었지만, 나는 그 의미를 제대
로 떠올리지 못했다.

"근 2년간의 작업이 마스터베이션 같은 거였다는 말이
지. 이상한 이치와 이론만이 선행할 뿐, 날 전혀 상대 안
해. 아니, 나의 존재를 전혀 상정하지 않는 괴테 문학에 묘
한 해석을 달거나, 작품의 현실을 적당히 왜곡해가면서,
자기 한 사람의 공상 세계로 빠져들어가지. 난, 요 2년간,

그런 일만 해온 듯한 느낌이야. 문학 연구라고 거창하게 말하지만, 결국, 본질은 마스터베이션과 마찬가지라고." 그는 말했다.

다람쥐는 단풍나무 줄기를 빙글빙글 돌아, 가지 끝까지 올라갔다. 나는 그 민첩한 움직임을 보며 친구의 다음 이야기를 기다렸다.

"어쩌면 내가 도달한 결론은 괴테의 작품이 지닌 의미를 훨씬 뛰어넘어, 그가 의도한 것과는 완전히 동떨어진, 나만의 독단적 사고의 소산에 불과할지도 모르지. 그건 멋지게 창조성이 결핍된, 무의미한 작업이었어. 난, 방금 갑자기 그런 느낌이 들었어."

다람쥐를 놓치고 만 나는 그의 옆모습을 얼핏 보았다. 핼쑥한 얼굴이었다. 그는 쓴웃음을 지었다. "방금 말한 작업은 말야, 자신을 거들떠보지도 않는 귀여운 여자애를 이리저리 멋대로 상상력을 발휘해가면서 자위하는 것하고, 본질적으로 똑같다고 생각지 않아?"

과연. 나는 생각했다. "인터렉추얼 마스터베이션" 하고 감동해서 반복했다.

그 잔디밭으로부터 1만 킬로미터나 떨어진 교토의 좁은 방에서, 나는 그와의 대화를 떠올렸다. 남들이 쓴 논문에서 잘 알지도 못하는 문장을 인용하고, 이리저리 새로운 분석을 시도하는 나 자신도, 그가 말하는 불모의 인터렉추얼 마스터베이션의 나락으로 빠져들 뿐이 아닌가.

나는 더욱더 우울해졌다.

바깥은 깜깜했다. 귀마개 덕택에 잠수함 엔진의 저음 비슷한 나 자신의 뇌의 기묘한 소리를 제외하면, 사위는 너무나 조용했다. 창문 건너편으로 창고의 작은 사각 유리창 불빛이 보였다. 아직도 마작을 하고 있다. 이토록 추운 2월의 밤에 졸업 논문을 쓰는 녀석은, 나 말고는 어디에도 찾아볼 수 없을 거라고 생각했다.

책상 위의 원고지에 눈을 돌렸다. 작은 글씨의 흐름은—마치 지형의 기복으로 갑자기 굳어버린 용암의 흐름처럼—페이지의 둘째 줄 아래에서 멈춰 있었다. 왼쪽 부분은 절망적이리만큼 하얗게, 그리고 드넓어 보였다. 마치 비행기 창밖으로 한겨울의 시베리아를 내려다보는 듯 하얬다.

다시 연필을 쥐고, 몇 시간 집중해서 공부했다. 그런데 주변 세계를 겨우 잊을 만했을 즈음, 귀마개를 했는데도 머릿속까지 울려퍼지는 큰 소리가 났다. 자신의 존재와 그 존재를 지탱하는 물과 먹이의 정기적인 공급을 망각한 주인에게, 공복의 낌새를 느낀 스티비가 긴급 신호를 보내는 것이리라, 생각했다. 한 단락을 마칠 때까지 그 신호를 무시하기로 했다.

다시 요란한 소리가 났다. 나는 안절부절못했다. 통통하게 살 오른 작은 토끼를 어떻게 요리해 먹을까 생각하며, 연필을 책상 위에 내던지고 일어나려고 했다.

그 순간, 심장이 터질 것만 같았다. 어둑한 방 입구에 한 사람이 서 있었다.

교코였다.

하지만 그것이 교코라는 걸 알아채기까지는, 상당한 시간이 걸렸다. 말이 나오지 않았다. 잠시 동안, 세차게 고동치는 나의 심장 외에는, 모든 게 완전히 정지된 것 같았다.

나의 뇌가 조금씩 움직이기 시작했다. 스티비의 무모한 반항이라고 믿어버린 소음이 실은 1층의 문을 여닫고, 손더듬으로 복도를 따라 가파른 목조 계단을 올라오는 교코의 소리였다. 그리고 나를 원고지와 공연한 근심의 세계에서 현실로 끌어낸 마지막의 요란한 소리는, 그녀가 방에 들어와 문을 닫는 소리였다고 짐작했다.

"어이, 깜짝 놀랐잖아. 방금, 심장이 멎을 뻔했다고." 문 앞에 우뚝 선 교코에게 약간 들뜬 목소리로 말했다. 그녀는 뭐라 대답을 했는데, 움직이는 그녀의 입술에서는 아무것도 들리지 않았다.

나는 귀마개를 하고 있다는 걸 떠올리고, 허둥지둥 빼냈다. 천천히 일어나, 그녀를 살짝 끌어안았다.

"진짜 깜짝 놀랐어" 하고 나는 반복했다.

"글쎄, 난, 진짜 깜짝 놀래키려고 한걸요" 하고 그녀는 진지한 표정으로 말했다.

나는 웃었다. "그렇다면 대성공이야."

하지만 그녀가 어떻게 해서 여기까지의 밤길을 걸어왔는지, 나는 신기했다. 물론 이 하숙에 몇 번이나 놀러 오긴 했어도, 그녀가 달빛 없는 어두운 길을, 혼자서 여기까지 걸어올 수 있었다는 게 참으로 신기했다.

그걸 그녀에게 물어보려다가, 다음 순간 입을 다물고 말았다. 그리고 그녀를 더욱 세게 꼭 안았다. 멍청이! 나는 정신이 나간 모양이다. 달빛 없는 겨울밤이건, 한여름 대낮이건, 그건 그녀에게 그리 중요하지 않으리라.

짧은 침묵이 이어졌다.

"놀래켜서 미안해요. 몇 번이나 전화를 걸었지만, 통 연결이 안 되던걸요. 그래서 걱정이 돼서 잠깐 들여다보러 온 거예요." 그녀가 말하자, 따스한 입김이 내 턱 밑을 가

194

볍게 스쳤다.

"최근에 전화요금을 못 내서, 아마 끊겼을 거야."

교코는 내 몸에서 조금 떨어졌다.

"추워요. 몸이 뼛속까지 싸늘해요. 우리, 목욕탕에 안 갈래요?"

나는 시계를 보았다. 정각 11시 반이었다. 서두르면 아직 늦지 않은 시각이다. 손으로 내 목을 만져보니, 턱 밑은 팔레스타인 해방 기구 아라파트 의장의 더벅 수염처럼 지저분한 느낌이었다.

"그렇군, 몸을 씻는 것도 나쁘지 않겠는걸."

비누와 샴푸와 면도기와 칫솔과 치약을 세면 그릇에 담고, 그 위에 타월 두 장을 개켜 얹었다. 그리고 교코의 손이 내 팔꿈치를 잡도록 해서, 밖으로 나왔다.

밤공기는 냉랭했다. 우리는 목욕탕까지의 짧은 거리를 서둘러 걸었다. 그 앞에 도착해, 교코에게 타월 한 장을 건네주며, "그럼, 끝나거든 서로 소리를 내도록 해" 하고, 그녀를 위해 '여탕'의 문을 열었다.

나는 '남탕'으로 들어갔다. 몇 안 되는 손님은 돌아갈 채비를 하고 있었다. "안녕하세요, 어서 오세요." 카운터 아주머니는 여느 때처럼 밝은 목소리로 인사했다. 그녀에게 두 사람치 요금을 건네면서, "미안하지만, 그녀를 잘 부탁드립니다" 하고 당부했다.

정신을 차리니, 혼자뿐이었다. 뒤돌아봐도 이젠 아무도 없었다. 벽시계는 12시를 가리키고 있다. 탈의실 쪽을 들여다보니, 카운터 아주머니는 포렴을 내린 채 바깥에서 청소를 하고 있었다.

그때, 내 안에서 묘한 원망(願望)이 솟구치는 걸 똑똑히 의식했다. 교코에게 들키지 않게, 그녀의 알몸을 보고 싶었다. 칸막이 벽 저편에서 나는 작은 물보라 소리, 목욕을 즐기는 희미한 숨결은 내게 그녀의 육체를 너무나 선명하게 상상하도록 했다.

수도꼭지가 달려 있고 비누 따위를 놓는, 벽에서 조금 튀어나온 부분을 딛고, 벽을 마주하고 서보았다. 발끝으로 서자, 건너편이 보였다. 이 일련의 동작은 아무런 군더더기 없이, 스스로도 놀랄 만치 재빨리 그리고 자연스럽게 이루어졌다.

아니나 다를까, 벽 건너편에는 교코 말고는 아무도 없었다. 그녀는 선 채로 타월로 몸을 꼼꼼히 닦고 있었다. 젖은 긴 머리는 어깨에서 앞으로 흘러내려, 오른쪽 젖가슴을 가렸다. 그녀의 살결에 무수한 물방울이 동그라니 눈부시

게 빛나고, 부드러운 몸의 곡선을 따라 그녀는 천천히 닦아나갔다.

교코의 몸은 상상 이상으로 아름다웠다. 그녀는 손을 더듬어 욕조 가장자리를 찾아내어, 거기에 한쪽 다리를 얹고 가볍게 두드리듯 타월로 탱탱한 허벅지를 닦았다. 방심인지 흥분인지 알 수 없는 상태의 눈길로, 그녀의 옆모습, 어깨, 가슴 언저리, 다리를 바라보았다. 욕조 가장자리에 얹은 종아리에는 비누 거품이 조금 남아 있었다. 그녀의 육체는 매끄러웠고, 무르익어 있었다. 그녀는 차분하게 미소를 띤 채 다시 다리를 내리고, 아랫배를 닦았다.

나는 억누를 길 없는 흥분을 느꼈다. 몸의 **한 부분**이 벽에 닿았다. 아무리 호의적이라 해도, 이런 상태를 카운터 아주머니에게 보이는 건 **역시 싱겁다**, 라고 생각했다. 허겁지겁 벽 앞에서 내려와, 차가운 물에 샤워를 했다.

하숙으로 돌아오자, 교코가 정성껏 닦은 몸을 한 번 더 구석구석 입술로 더듬었다. 그녀의 피부 감촉과 향기는 나를 취하게 했고, 마음이 콩닥거렸다. 교코는 미소 짓고, 두 손을 어깨에 두르며 나를 포근히 끌어안았다. 손끝에 힘이 들어가, 그녀의 손톱 감촉이 날카로워졌다. 나는 그녀의 옆구리를 가볍게 누르고, 조용히 물결치는 평평하고 부드

러운 대지 아래로 이동했다. 멀어진 위쪽에서, 헐떡이는
듯한 가쁜 호흡 소리가 들렸다.

"아까, 목욕탕에서 교코를 봤어." 나는 완만한 대지를
향해 얼결에 고백했다.

그녀는 웃으며 내 얼굴을 자신의 얼굴 바로 가까이까지
안아올려, 여느 때처럼 아주 정확하게 내 입술에 키스를
했다.

"알고 있었어요."

"그런가. 들켰었나?"

"그래서, 어땠어요? 내 몸."

그녀에게서 조금 떨어져, 스토브의 엷은 빛에 비친 문
제의 몸을 한 번 더 바라보았다.

"아주, 멋진 몸이야."

"다른 여자와 비교해도?"

"사람에 따라 다소 차이는 있을지 모르겠지만, 대체로,
다들 비슷한 몸을 하고 있어." 나는 적이 대답이 궁해져서
말했다.

"그럼, 내 몸이 특별히 빼어난 게 아니라는 말이군요."

"그렇진 않아. 충분히 빼어나" 하고 나는 말했다. 그리
고, 힘이 다할 때까지 그녀를 안았다.

모르는 사이, 석유 스토브가 꺼져 있었다. 하지만 방에는 분명히 온기가 남아 있었다. 교코의 스웨터를 맨몸에 걸치고, 나는 일어나 창문을 조금 열었다. 옆 창고는 죽은 듯 조용했고 인기척이 없었다. 멀리 건너편 산조 거리 쪽으로, 가로등 불빛에 눈발이 조용히 흩날리는 게 보였다.

어둠 속으로 빨려드는 나의 하얀 입김을 막연히 바라보며, 교코를 만난 지 꼭 1년이 지났다고 생각했다.

"자네한텐, 참말로 실망했네."

"그렇습니다. 정말로 실망했습니다."

졸업 논문의 구두시험에서, 댓바람에 이런 말을 들었다. 더블 펀치 같은 이 말은 내뱉어진 채로, 묘한 비현실성을 띠고 잠시 공중에 떠 있었다.

세미나 교실은 여느 때와 다른 분위기였다. 책상은 창쪽으로 한 줄로 진열되어, 지도 교수와 또 한 사람 젊은 조교수는 까다로운 얼굴로 그 건너편에 앉아 있었다. 그 앞에는 작은 의자가 하나 달랑 놓여 있을 뿐, 방은 믿기지 않을 정도로 살풍경했다.

의자에 걸터앉자, 법정에서 부당한 죄를 뒤집어쓰고 배심원의 매서운 시선을 받는 용의자가 된 듯한 심경을 맛보

았다. 고이케 씨의 아름다운 각선미를 떠올리려 했지만,
교실의 공기가 너무나 긴박한 탓에 제대로 떠오르지 않았
다. 간신히 완성한 졸업 논문은, 교수들 앞에 아무렇게나
놓여 있었다.

"자네한텐, 참말로 실망했구마." 지도 교수는 다짐하듯
한 번 더 말했다.

"우선, 이 점부터 지적해야겠습니다." 젊은 조교수는 졸
업 논문을 손에 들고, 표지 제목을 신경질적인 가느다란
손가락으로 가리켰다. 나는 눈여겨보며 거기에서 뭔가 결
정적인 것을 읽어내려 했으나, 너무 멀어서 잘 보이지 않
았다. 조교수는 논문을 손에 든 채, 나와 시선을 마주치지
않도록 세심한 주의를 기울이며 일어섰다.

"이 '路'라는 글자가 틀렸습니다. 아주 조금이긴 하지
만, 오른쪽 '各'이라는 글자는 위의 가로 막대기가 오른쪽
으로 약간 삐쳐나와서 분명히 틀렸습니다" 하고 그는 이
상스레 흥분된 까칠한 목소리로 말했다. 말을 할 때 그는
줄곧 나를 비낀 뒤쪽을 보고 있었기에, 나는 거기에 정말
로 배심원이나 누군가가 앉아 있다는 착각에 사로잡혀 얼
결에 뒤돌아보고 말았는데, 물론 거기엔 아무도 없었다.

"국문학 전공 학생이 졸업 논문에서 제목의 한자를 잘

못 쓰다니, 괘씸하다고밖에 할 말이 없습니다." 이렇게 말하고, 그는 마치 증거품을 제시하는 듯한 몸짓으로 논문을 책상 위에 천천히 놓았다. 맙소사, 나는 생각했다. 대꾸할 말이 전혀 없었다.

이어서 지도 교수는 논문을 펼쳐, 한참이나 들여다보았다. 긴장한 나머지, 나는 몸을 움직여보고 싶었는데, 아주 조금 움직거리기만 해도 작은 의자가 기묘하게 삐걱대고 그 소리는 교실 안에서 비현실적이리만큼 크게 울렸다.

"자넨 주인공이 한동안 오미치(尾道)에서 사는 부분을 거론하고 있는데, 이 장면과 작가 자신의 실생활과의 관련을 언급하지 않으면, 이 작품이 갖는 의미는 도무지 알 수 없구마" 하고 지도 교수는 그제야 논문에서 눈을 떼었다.

"그건 각주에서 자세히……" 나는 말하려다 말고, 생각을 고쳐 그만두었다. 각주 따위, 두 사람은 분명히 그런 건 읽지 않았다. 그렇다, 틀림없이 거기까진 아예 읽지도 않은 것이다. 나는 직감했다. 어쩌면 논문 전체를 읽지 않았는지도 모른다. 불현듯 그런 느낌이 들었다. 나는 잠시 동안 여러 가지 질문을 받았으나, 나의 지식이 시험받고 있다기보다도 오히려 그들이 논문을 제대로 읽지 않았다는 사실만 명백해질 뿐이었다. 바보짓 같아서 더 이상 못

하겠군. 그런 기분으로 두 사람의 질문에 적당히 대답하고, 10분 후에 바로 교실을 나왔다.

멍하니, 잠시 복도에 멈춰 섰다. 졸업 논문을 완성하는 동안 쌓일 대로 쌓인 숨 막히는 긴장감은 한순간에 사라지고, 나는 큰 소리로 웃고 싶어졌다. 이것이 4년간의 공부와 연구의 종착역인가. 이런 재판 같은 구두시험을 위해 그렇게 많은 걸 읽고, 많은 원고를 쓰고, 그리고 많은 쓸데 없는 걱정을 한 건가. 한심한 이야기였다. 말할 수 없는 허탈감과 허무감이 나를 엄습했다. 그리고 조금씩 화가 나기 시작했다.

나는 천천히 복도를 걸었다. 교실에는 다른 학생이 들어갔을 테지만, 그게 누구였는지 나는 알지 못했다. 호통치는 듯한 지도 교수의 목소리, 예의 까칠한 조교수의 목소리가 다시 들려왔다. 나는 걸음을 빨리했다. 그때, 가이즈카 두목의 얼굴이 순간 머리에 떠올랐다. "문학이라카는 거는, 대학에서 공부하는 게 아니나?" 하고 그는 말했었다. 맞는 말이야. 나는 한시라도 빨리 여기서 나가고 싶어졌다.

오후의 캠퍼스는 여느 때처럼 엄청난 학생들로 북적대고 있었다. 취업용 양복 차림을 한 동급생 몇 명인가가 눈에 띠었지만, 나는 말을 걸 기분이 아니었다. 문학이고 졸업 논문이고 구두시험 따위, 그런 건 인자 우째 되도 좋구마. 취직은 정해진 거고, 인자 무사히 졸업만 하믄 된다 아이가. 그들은 이렇게 말하기라도 하듯, 신나고 들뜬 표정이었다. 유학생 라운지의 볼록섬에도 들르지 않고, 내 바이크 있는 데까지 걸었다. 공기는 엄청 차가웠고, 찌푸린 하늘은 묵직하니 내려앉아 도시를 뒤덮고 있었다.

교코의 집에 도착했을 때, 그녀는 없었다. "아까 물건 사러 나갔는데, 이제 곧 돌아올 거예요. 괜찮다면, 기다리고 계세요" 하고 어머니는 말했다.

우리는 거실에서 차를 마셨다. 어머니는 이런저런 세상 이야기를 했으나, 나는 적당히 맞장구를 치면서 딴생각을 하고 있었다. 그걸 눈치채고, 그녀는 이야기를 멈췄다. 그리고 여느 때처럼 호의에 가득 찬 눈길로 뭔가 듣고 싶은 듯이 내 얼굴을 응시했다. 하지만 내게 심경을 털어놓을 의사가 없다는 걸 확인하자, 다시 애써 밝은 목소리로 세상 이야기를 했다.

교코는 30분 후에 돌아왔다. 양손에 큼직한 쇼핑 봉투를 든 그녀는 눈부실 정도로 생기 넘쳐 보였지만, 내 기분은 이와 정반대였다. 기분을 종잡을 수가 없어, 망가진 작은 배의 키를 잡은 채 캄캄한 바다를 헤매는 심경이었다. 나는 뭔가에 몹시 굶주려 있었다. 그 정체를 붙잡을 수는 없었지만, 분명히 뭔가를 못 견디게 굶주리고, 갈망하고 있었다.

교코도 고타쓰에 들어오자마자, "그래, 구두시험은 잘 치렀어요?" 하고 밝은 목소리로 물었다.

나는 아무 대답도 하지 않았다. 아까부터 막연히 찾고 있던 게 조금 모습을 드러낸 듯한 느낌이 들어서였다. 어색한 침묵이 이어졌다.

나는 남은 차를 마셨다. 그리고 "교코, 뭐든 읽자" 하고 말했다.

교코는 놀라움을 감추지 않았다. "지금? 지금 당장 책을 읽고 싶어요?" 하고 어이없는 표정으로 그녀는 되물었다.

"그래, 지금. 지금 읽고 싶어. 예전처럼" 하고 나는 미소 지으며 반복했다.

오후 서너 시쯤이었는데도, 유리창 건너편의 마당은 해거름처럼 어둑한 적요의 베일에 뒤덮여, 이웃집과 그 별채를 연결하는 나직한 복도가 금방이라도 그 속으로 사라져 버릴 것 같았다.

"그럼, 멋진 문학의 한때를." 어머니는 이런 말을 남기고, 방에서 나갔다.

나는 일어나 고서적이 진열된 책장으로 가서, 적당한 걸 찾기 시작했다. 책을 만지거나 처음 몇 줄을 읽거나 하는 사이, 구두시험이 끝난 뒤의 허탈감인지 상실감인지 모를 석연찮은 기분은 조금씩 흐릿해졌다. 마치 몽골의 대초원을 뒤덮은 아침 안개가 증발되어가는 걸 멍하니 바라보는 듯한 느낌이었다.

아베 고보(安部公房〔1924~1993〕, 소설가, 극작가—옮긴이)의 『모래의 여자』를 골라 고타쓰로 돌아왔다. 하지만 솔직히 말해, 『모래의 여자』건 『어린 왕자』건 『걸리버 여행기』건, 뭐든 상관없었다. 아무튼 예전처럼 교코와 함께 조용한 문학의 공간에 젖어들고 싶었을 뿐이었다.

나는 책상다리를 하고, 아베 고보의 소설을 펼쳤다. 책 갈피의 서표 끄트머리는 대도시를 끝없이 헤매다닌 한 마리 쥐의 꼬리를 떠올릴 정도로 때가 묻어 있었다. 그걸 잠시 뚫어지게 보고 나서 소설을 읽기 시작했다.

나는 처음부터 술술 읽어나갔다. 스스로도 깜짝 놀랄 만큼 순조로운 출발이었다. 문장은 읽기 수월하고, 내 목소리는 그걸 어렵잖게 교코의 예쁘장한 귀에 실어주었다.

나는 조금씩 차분함을 되찾았다. 달의 인력에 이끌린 밀물이 서서히 차오르듯 찾아온 안도감이었다. 하지만 문장을 시원스레 읽고 있어도, 그 내용에는 전혀 주의를 기울이지 않았다. 의미를 파악하지 못하는 게 아니다. 다만, 문장의 의미를 이해하는 것이 그다지 중요하지 않았다. 어디까지나 일종의 공간을 재현하려 했을 뿐이었다. 책 내용은 이차적인 것에 불과했다.

정신을 차리니, 전혀 엉뚱한 생각을 하고 있었다. 필시 어느 틈에 나 자신의 유학 생활을 돌아보고 있었겠지. 어쨌거나, 딴생각을 하면서 책을 읽을 수 있을 만큼 요령 있는 사람이 못 되는 탓에, 낭독은 금세 중단되고 말았다.

"벌써 끝났어요?" 교코는 아까와 똑같이 어이없는 표정을 지었다.

나는 아무 대답도 하지 않았다. 아베 고보의 소설을 읽는 동안 ― 그 내용과는 전혀 무관한 ― 여러 가지를 깨우친 듯한 느낌이 들었다. 말로 표현하기는 힘들어도, 그때 나는 깨달았다……, 이 도시는 죽었다, 라고.

나 자신 속에서 지어낸 가공의 동경의 장소로서도, 엄밀한 의미에서의 현실의 도시로서도, 이곳은 확실히 죽었다. 그토록 많은 기대를 품고 많은 발견을 소망했던 도시에서 얻을 만한 게 아무것도 없다. 여기는 죽은 왕국인 것이다.

도시의 풍경이나 사람들의 다양한 표정을 배경으로 베를린 장벽과 문신하는 방, 졸업 논문의 표지 등, 여러 가지가 잇달아 내 머릿속을 스쳤다. 그리고 나는 알았다. 그리 머잖은 미래에 이곳을 탈출하게 되리라. 정체(停滯)와 정주(定住)의 도시를 떠나, 예전의 유목민 같은 생활로 돌아가게 되리라, 라고.

"이봐요, 오라버니, 왜 그래요?" 교코의 목소리는 베일 저편에서 들려왔다.

"미안, 잠깐 딴생각을 했어." 나는 다시 『모래의 여자』를 손에 들었다. 만약 그때, 교코에게 내 심경을 솔직히 털어놓았다면, 우리는 어쩌면 훨씬 다른 형태로 헤어질 수 있었는지도 모른다. 그러나 다행인지 불행인지, 나는 그 기회를 놓쳤다. 그땐, 거기까진 생각하지 않았겠지.

그러고 나서 두 시간 남짓 『모래의 여자』를 읽었다. 머리를 비운 채 아무것도 보태지 않고, 멈추지 않고. 그저 오로지 문장을 읽어나갔다.

'……굳이, 허둥지둥 도망칠 필요는 없다. 지금, 그의 손에 든 왕복 차표에는 행선지도, 돌아올 곳도, 본인이 맘

대로 적어 넣을 수 있는 여백으로 비어 있다……'

이처럼 긴 시간에 걸쳐 소리내어 읽은 적은 없었다. 하지만 신기하게도, 나는 전혀 피로를 느끼지 않았다. 작은 거실에는 내 목소리 이외엔 어떤 소리도 없었다. 교코의 조용한 눈 깜박임과, 이따금 페이지를 넘기는 나의 손동작을 제외하면, 모든 게 정지되어 있었다. 어느 틈엔가 아베 고보의 소설은 소설로서의 현실감을 잃고, 내 목소리도 조금씩 내 목소리가 아닌 듯한 착각에 사로잡혔다.

이것이 나와 교코의, 마지막 대면 낭독 시간이었다.

나는 일단 졸업식에 참석하기로 했다. 그것은 나의 유학 생활에 상징적인 종지부를 찍는 데에 필요한 의식처럼 여겨졌다. 하지만 4년 동안 기대해온 그날은, 내게 아무런 감동도 주지 못했다. 마치 딴 남자를 사귄 옛 여자친구의 결혼식에 참석하는 듯한, 비참하고 떨떠름한 기분이었다.

영문과 친구가 우수한 성적으로 졸업하게 됐는지, 학부생 대표로 단상에 올라가 다소 긴장된 자세로 인사를 하고 학장으로부터 졸업 증서를 받았다. 학장의 장황한 연설이 이어졌다.

"지금부터의 긴 인생에는 수많은 난관이 기다리고 있습

니다. 괴로울 때가 있는가 하면, 진흙탕에 빠질 수도 있습니다. 그러나 겁먹지 말고, 언제나 숭고한 것, 고상한 것에 대한 지향을 절대 버리지 말고, 노력해야 합니다. 난국을 극복함으로써, 비로소 푸른 하늘의 진정한 아름다움과 고마움을 알 수 있습니다……"

맙소사, 인생의 황량한 대지로 나아가는 학생들을 배웅하는 마당에, 거짓말이라도 좋으니 적어도 기운 솟는 인사말을 해주면 안 되나. 하지만 학장의 연설보다도, 어젯밤 교코한테서 걸려온 전화 내용이 신경 쓰였다.

"나, 역시 취직하기로 했어요" 하고 그녀는 말했다.

"오늘, 내정된 회사의 인사과에서 전화가 왔는데, 어떻게 할 거냐고 묻더군요. 오랫동안, 내 쪽에서 통 연락을 안 했으니까. 그쪽에서도 눈이 안 보이는 사람을 처음 채용하는 모양인데, 나름대로 여러 가지 준비가 힘든가 봐요."

"……." 나는 아무 대답도 하지 않았다.

"물론 난, 가겠다고 대답했어요. 난, 오랫동안 망설였지만, 안락의자에 기분 좋게 앉아 있는 지금의 생활은 편하고 즐겁긴 해도, **그냥 제자리에 있을 뿐이에요**. 목표랄까, 방향성 같은 게 전혀 없어요. 이런 게 날, 때때로 굉장히 불안하게 해요."

그런 기분을 아프도록 이해할 수 있는 느낌이었지만, 아무 말 하지 않았다.

"교코가 새로운 것에 도전하는 건 멋진 일이라고 생각해. 그리고 교코라면, 틀림없이 잘해낼 수 있으리라고 믿어."

"정말로 그렇게 생각해요? 내가 거기에 가도 응원해줄 거예요? 도쿄는 그리 멀지 않으니까 언제든지 만날 수 있어요." 그녀는 벌써 도쿄에서의 생활을 꿈꾸고 있는 것 같았다.

"그렇겠지." 나는 애매하게 대답했다. 교코의 결단으로, 일본을 떠나고 싶다는 나 자신의 기분도, 어쩐지 결정지워져버린 듯한 느낌이 들었다.

추도식을 떠올리게 하는 학장의 연설이 마침내 끝나자, 다른 국문학 전공 학생들과 같이 옆 건물의 교실로 향했다. 거기서 학생증을 반납하고, 대신 졸업증서를 받았다. 아무런 감동 없는, 극히 사무적인 수속이었다. 맙소사, 이거야 물물교환이 따로 없군. 천 개의 학사모가 일제히 창공으로 던져올려졌다 다시 아름다운 초록 잔디 위에 떨어져내리는, 미국의 졸업식 같은 화려함이나 기쁨과는 거리가 멀었다.

자주색 하드커버의 졸업증서를 옆구리에 끼고, 나는 복도로 나와 창문으로 잠시 바깥 풍경을 바라보았다. 청명한 아침이었지만 꽤 바람이 세게 불었고, 궁궐 안 거목의 높은 가지는 무수한 초록 물결처럼 크게 일렁거렸다. 그 아래 자갈길을 손잡고 걸어가는 젊은 연인들의 모습을 발견하고, 가슴이 몹시 아팠다.

역시 이제부터, 새로운 마음의 풍경을 찾는 여행을 떠나고 싶다고 생각했다. 이것을 교코에게 전해야 할 때가 왔음을 알았다.

교코를 마지막으로 만난 건, 그녀가 도쿄로 출발하기 전날 밤이었다. 마루야마 공원 위로 휘영청 보름달이 환하고, 우리는 벤치에 앉아 있었다. 이야기할 내용을 예감했는지, 교코는 나와의 사이에 아주 조금, 부자연스런 간격을 두었다.

나는 교코에게 아무튼 일본을 당분간 떠나고 싶다는 나의 심경을 되도록 정확하게 전했다.

"난, 이 도시에 지쳤어. 관광하러 오기엔 아주 좋은 도시라고 생각하지만, 난 역시 이곳과 어우러질 수 없어."

교코에게 상처를 주어선 안 된다고 너무 의식한 탓인

지, 필요한 말은 내 손이 닿지 않는 장소에 몸을 웅크린 채, 짓궂게도 좀체 내려오지 않는다.

"뭐랄까, 이 도시에 처음 왔을 때부터 난, 항상 무지무지 일본적이고 미지의 것을 찾고 있었어. 그런데 그런 기대와는 반대로, 도시는 나를 받아들여주지 않았지. 나는 늘 그런 느낌이었어. 어째서 그토록 덤벼들고 말았는지, 스스로도 잘 이해할 수 없지만 말야. 정말 신기해. 분명 이 나라에는—혹은 이 도시에는—외국인에게 그런 기분이 들도록 만드는 특별한 뭔가가 있는지도 모르지. 어쩌면, 자신이 주변 사람들과 너무나 다르기 때문에, 모두에게 인정받을 수 있는 장소 같은 걸 억지로 만들려는 건지도 몰라."

교코는 발끝으로 벤치 밑의 자갈을 흩뜨렸다.

"그치만 그건 좀 이상하지 않아요? 글쎄, 분명히 이 도시엔 좀 독특한 분위기는 있어도, 불특정 다수의 인간이 생활하는 **도시**라는 장소에, 한 가지 통일된 의지가 있을 리 없잖아요" 하고 그녀는 반박했다.

"물론 맞는 말이야. 교토라는 공간이 자신을 받아들여주지 않는다고 느끼는 건, 어디까지나 나 한 사람의 주관적이고 개인적인 편견에 불과해. 하지만 그게 피해망상이

건 뭐건……."

나는 순간 입을 다물었다.

"난 하여간, 이곳을 떠나고 싶어."

교코의 발 움직임이 멈췄다. 그녀의 몸이 굳어진 걸 알 수 있었다. 고독과 고통이 그녀의 얼굴을 스쳤다. 그것은 쾌락의 물결이 그녀의 표정을 덮쳤을 때와 마찬가지로 자연스레 나타난 감정이었다.

"떠나다니, 어디로 갈 거죠?" 하고 그녀는 메마른 목소리로 물었다.

나는 다시 단어를 찾았다. "아직 잘 모르겠는데, 좀 움직이고 싶어. 이 도시에 있으면, 난 언제나 세상에서 이질적이고 부적합한 존재라고 느끼게 돼. 이대로 여기 있다간, 난 확실히 못쓰게 되고 말아. 정말로 그런 느낌이 들어. 이대로 이 도시에 머물렀다간, 난 틀림없이 망가지게 돼." 한번 입 밖으로 나온 말은 멋대로 날개를 퍼덕이며, 우리를 둘러싼 공간을 점령할 것 같았다.

"그럼, 같이 도쿄로 가요. 당신도 이젠 졸업했으니, 분명할 일이 있을 거예요. 나 같은 사람도 일자리를 구한걸요."

나는 잠자코 있었다.

교코는 내 마음의 움직임을, 공원의 점쟁이처럼 예리하

게 꿰뚫어보았다. "아냐. 그게 아냐. 당신은 혼자서 좀더 먼 곳으로 날개를 펴고 싶은 거군요." 그녀의 목소리에서 희미한 떨림과 함께 슬픔이 새어나왔다.

그 슬픔을 핑계로 치유할 수 없다는 걸 알면서도 핑계는 생각보다 걸음이 빨라, 나는 일방적으로 계속 떠들었다.

"지난가을, 베를린 장벽의 붕괴를 텔레비전으로 봤을 때, 내 안에서 뭔가가 바뀐 듯한 느낌이 들어. 더구나 결정적으로 바뀐 것 같아."

교코는 아무 말 하지 않았다.

"그때, 내 안에 두 개의 벽이 떠올랐어. 하나는 민중에 의해 파괴되어 저 건너편에서 세계가 나를 부르고 있다고 느낀, 그 진짜 베를린 장벽이야. 그걸 보고, 난 생각했어. 유목민 같은 생활로 다시 돌아가고 싶다. 움직이고 싶다, 라고.

그리고 또 하나, 보다 추상적인 벽이 있었어. 그건 내가 이 작은 도시의 일상생활에서 여러 번 부딪혀온 **마음의 벽** 같은 거야. 난 이렇게도 생각했어. 교토는 벽의 도시라고. 토담, 대울타리, 발, 격자문, 예전에는 아름답다고 여겼던 이러한 것들이, 차츰 내 눈엔, 이 도시 사람들의 마음의 벽을 상징하듯 보이게 되었어."

교코는 낮게 한숨을 쉬었다.

"왠지 이해할 수 있을 것 같아요. 나도, 그런 걸 자주 느끼니까."

"아무튼, 점점 견디기 힘들어. 이 도시에선, 늘 뭔가에 굶주려……"

"나랑 함께 있어도 그렇게 느꼈나요?" 내 이야기를 가로막는 교코의 목소리는, 조용한 공원 안에서 또렷이 울렸다.

"물론 그건 그렇지 않아. 난 교코짱하고 함께 있으면서 언제나 마음의 휴식을 느꼈어. 지금도 그래. 하지만, 난 역시 이제부터 어디론가 가고 싶어. **서로 다른 게 정상이고 상식**인 장소에서 한동안 지내고 싶어졌어. 나한테 이 도시는, 뭐랄까, 정말이지 숨이 막혀."

교코는 내 쪽으로 얼굴을 돌렸다.

"미안해요, 당신이 이런 일로 고민하고 있다는 걸 좀더 일찍 눈치챘어야 하는데."

"그렇지 않아. 나 역시, 스스로가 그런 일로 고민하고 있다는 걸 분명히 깨달은 건 아주 최근이거든. 그런 거, 신경 안 써도 돼."

보름달의 차가운 빛을 받은 그녀의 눈동자는 뭔가를 호

소하고 있었다. 뭔가를 말하려고 했다. 그리고 그 눈이 나를 보고 있지 않다는 걸 나는 아득히 잊었다. 아니, 잊은 게 아니다. 그때, 교코는 분명 나를 **보고 있었다**. 나는 그렇게 확신했다.

교코는 눈물을 흘리고 있었다. 그걸 거의 무의식중에 닦으려 하자, 그녀는 내 손을 가볍게, 그러나 강한 의지로 뿌리쳤다.

"미안해요, 울려고 한 게 아닌데. 하지만 난, 당신을 붙잡고 싶은 생각은 없고, 그렇다고 해서 당신의 행복을 빌며 배웅할 만큼 강하지도 못해요. 조금만 더 시간이 필요했어요."

나는 단어를 찾았다. 하지만 더 이상은 설명할 수 없었다. 자신의 손으로 눈물을 닦고 나서, 교코는 작은 미소를 보였다.

"한 번 더 같이 가라오케에 가고 싶었는데. 된장 짬뽕도 먹고 싶었어요. 그리고, 파이프도 피워보고 싶었는데."

나는 아무 말 하지 않았다.

"가끔 세상 어딘가에서 편지 줘요." 교코는 내 팔에 자신의 손을 얹고 말했다. 순간, 믿기지 않을 정도로 가슴이 뜨거워졌다.

"그치만, 분명 회사 동료 여직원이나 누구한테 그걸 읽어달라고 해야 할 테니, 너무 **자극적인 내용**은 쓰지 마요."

이렇게 말하고, 그녀는 잠깐 예전과 다름없는 장난기 섞인 미소를 지었다.

그녀는 내 손을 잡았다. 나도 그녀의 손을 꼭 잡았다. 그리고 우리는 말없이, 그대로 한참 동안 꼼짝도 하지 않았다. 앞으로의 인생을 향해, 각자 서로 충전이라도 하는 것처럼.

이윽고 그녀는 일어섰다.

그리고 처음으로 핸드백 속에서 하얀 지팡이를 꺼냈다. 손에 들자, 그것은 공중에서 지그재그 식의 기묘한 움직임과 함께 번개처럼 탁, 뻗어나갔다. 정말로 눈차쿠를 조금 닮았다고 생각했다.

교코는 하얀 지팡이 끝으로 발밑을 확인하면서, 공원의 문 쪽을 향했다. 그 건너편에, 손에 잡힐 듯한 구체성을 지닌 **내일**이 그녀를 기다리고 있다, 라고 나는 문득 생각했다.

나는 보름달을 쳐다보았는데, 눈에 그렁한 작은 눈물 탓인지, 그 속에서 나 자신의 내일은 제대로 볼 수 없었다. 벤치에 앉은 채, 아무것도 들려주지 않는 침묵의 달을 하

염없이 바라보았다. 그리고 지구 반대쪽은 지금 대낮이라
고, 막연히 생각했다.

소통(疏通)이라는 먼 길

『처음 온 손님』은 여러 면에서 독특하고 흥미로운 소설이다.

모국어가 아닌 이국의 언어로 창작 활동을 하는 작가의 존재가 전혀 새로울 것 없다 하더라도, '서양인'이 '일본어'로—더구나 후천적인 학습을 통해 익힌 언어 실력으로—소설을 발표했다는 사실은 적어도 아직까지는, 흔치 않은 예라 하겠다.

이 작품이 심사위원들의 만장일치로 스바루 문학상을 수상하게 되었을 때, 심사를 맡은 작가 세토우치 자쿠초(瀬戶內寂聽)는 이렇게 평했다.

일본어가 능숙하고 품위 있는 문장을 구사한다. 질적으

로도 작품의 완성도가 뛰어나다. 방랑벽이 있는 스위스인 유학생 '나'가 유목민처럼 흘러든 일본의 교토에서, 시각 장애를 지닌 아름다운 여성 교코를 우연히 만나 사랑이 싹튼다. 〔……〕두 사람의 성(性)과 더불어 연애 묘사도 깔끔하고 산뜻하다. 주인공의 상냥한 인간성도 흐뭇하게 한다. 기교를 부리지 않는 소탈한 구성도, 인물 설정도 보통 솜씨가 아니다.

『처음 온 손님』의 원제는 '이치겐상'이다. '이치겐(一見)'은 처음 만난다는 뜻으로, 특히 여관이나 요릿집 등에 처음 온 사람(손님)을 말한다. 단골손님의 반대말이다. 장소를 막론하고 낯익은 환경은 마음을 편안하게 해준다.

현대와 과거가 공존하는 도시, 그래서 외국인에게는 이국적 풍물로 가득 찬 일본의 관광지로 첫손에 꼽히는 고도(古都) 교토. 이곳에 '어쩌다가' '유목민적으로' 흘러들어 온 외국인 유학생 '나'가 있다. 그의 전공은 일본 근현대 문학. '된장 짬뽕'과 '센토(공중목욕탕)'를 즐기는 그이지만, 어딜 가나 도시의 사람들이 자신을 이상스레 '빤히 쳐다보는' '집요한 시선'을 차츰 부담스러워하게 된다. 피부로 느끼는 '마음의 벽.' 하지만 이러한 『처음 온 손님』

의 세계가 단지 교토만의 이야기라 할 수 있을까. 글로벌 시대를 살아가는 지구촌 어디에서건 이와 비슷한 상황이 지금 연출되고 있지는 않은가. 너와 나, 우리 자신의 문제로서.

『처음 온 손님』은 사람과 사람이 어우러져 살아가는 세상에서 과연 무엇이 소통을 가로막고 트게 하는가, 라는 문제를 던지고 있는 듯하다. 눈이 보이지 않는 교코와 그녀에게 '책 읽어주는 남자'로 만난 '나'의, 그래서 더욱 깊어지고 가까워지는 거리. "서로 다른 게 정상이고 상식"이라는 기본적인 인식을 우리는 얼마나 충분히 지니고 있는 것일까. 혹여 이 난해한 명제는 종종 상대방을 이해하려는 노력에 앞서, 나의 입장에서 일방적으로 강렬하게 주장되지는 않았던가.

무엇보다 이 소설은 빠르고 재미있게 읽힌다. 이야기 소재 자체의 흥미 이상으로, 이미 일본 문단에서 확실히 인정받은 데이비드 조페티의 문장력도 눈여겨볼 만하다. 우리의 감각에 길들여지고 익숙해져버린 장면과 풍경이 이방인의 시선이라는 프리즘을 통과하면, 전혀 새로운 모습으로 변용되어 제시되는 경우가 있다. 동아시아라는 동일한 문화권에서 우리와 유사하면서도 상이한 문화적 전통과 특징을 지닌 이웃 나라에서 겪는 한 외국인(서양인)의 감성과 사고의 움직임을 뒤따라가보는 즐거움도 쏠쏠하다.

『처음 온 손님』은 교토를 배경으로 한 만큼, 작품에서 등장인물들이 더러 간사이 지방의 사투리를 사용하고 있다. 번역 과정에서 이 사실을 외면하고 표준어로 처리한다면 소설이 지닌 분위기나 매력이 다소 손상당할 우려가 있다고 판단되어, 부득이 국내 특정 지방의 말투로 바꾸어 옮기게 되었다. 이는 번역자 개인의 작업상 편의에 의한 것이지 다른 뜻은 전혀 없음을 밝혀두고 싶다.

유숙자

2005년 3월